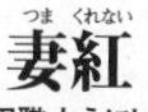

妻紅（つまくれない）

神田職人えにし譚

知野みさき

角川春樹事務所

目次

第一話　守り袋

階下から路の慌てた声がした。

「勘吉！　勘吉！」

ばたばたと身重の路が辺りを窺う足音が続いて、二階で仕事をしていた縫箔師の咲は針を置いて腰を浮かせた。

咲の二軒隣りのおかみのしまが、やはり声を聞きつけ、先に問うた。

「お路さん、どうしたの？」

「勘吉が！　勘吉がいないんです！」

「なんだって？」

しまが問い返す声を聞きながら、咲は急いで梯子を下りた。

草履を引っかけて引き戸を開くと、隣りのおかみの福久に加えて、路の右隣りの足袋職人の由蔵、その更に隣りの大家兼算盤師の藤次郎と、居職の二人も同じように戸口から顔を出す。

「ちょっと身体が重くて、うとうとしちゃったんです……」

勘吉は身重の路の第一子で、年明けて四歳になったばかりである。

「まずは長屋を探してみよう」と、藤次郎。

手分けしてまずは路の家と厠、それから井戸、物陰などを見て回った。

ここ、神田は平永町の藤次郎長屋では、二階建ての六軒には、咲を含めてどの家にも誰かしらいるものの、向かいの平屋——九尺二間——の四軒はおかみも含めて皆、出職である。

藤次郎の立ち会いのもと、留守の四軒も戸口から覗いてみたが、勘吉の姿は見当たらなかった。

「どのくらい眠ってたんだい？」

咲の問いに、路は涙目になって応えた。

「お昼をつまんで少しして……四半刻くらい……？」

とすると、大人でも半里ほどしか歩けないから、勘吉ならせいぜい行っても四半里だろう。だが長屋から二町も北に行けば神田川がある。

「お路ちゃんとお福久さんは番屋を回って来ておくれ。由蔵さんとおしまさん、お咲ちゃんは、私と一緒に川を先に見て回ろう」

一斉に頷いて、咲たちは木戸の外へ出た。

藤次郎たち三人と急いで柳原に向かい、散らばって勘吉の名を呼びながら柳原と川沿いを探して歩く。

和泉橋の近くまで来ると、南側の小屋敷沿いから見覚えのある二人の子供が歩いて来るのが見えた。

咲が神狐の化身だと信じている——人の子としては七、八歳の双子である。

二人とも六日前に会った時と変わらぬ格好で、前髪を左右に束ねたおかっぱ頭、藍染の着物と綿入れを着て、納戸色の手ぬぐいを首元に巻いている。

「しろ！　ましろ！」

思わず出た高い声に、双子はびくりと逃げ腰になったが、すぐに生意気顔になって胸を張った。

「驚かないぞ」

「怖くないぞ」

「大声出して悪かったよ」と、駆け寄って咲は素直に謝った。「ちょいとあんたたちに訊きたいことがあるんだよ」

腰をかがめて言うと、双子は訝しげに問い返す。

「なんだよぅ？」

「なんなんだよぅ？」

「長屋のね、勘吉って子が迷子なのさ」

勘吉の背格好や着物の柄を伝えると、しろとましろはひそひそと互いに耳打ちしてから言った。

「その子ならおいら見たよ」

「おいらも見たよ」

「ほんとかい？　一体どこで？」

「稲荷で見た」

「玉池稲荷」

玉池稲荷神社は、長屋から五町ほど南東にある稲荷で、かつて「お玉」という女が身を投げた、お玉ヶ池の跡地に建てられた。

「ありがとう」

礼を言って咲は玉池稲荷へと急いだ。

玉池稲荷には見当たらなかったが、勘吉の名を呼んでいる咲へ、通りすがりの者が教えてくれた。

「さっき、松枝町の者が稲荷で迷子を見つけたって言ってたよ」

一路、松枝町の番屋へ走ると、番人の作太郎が今度は近くの長屋へ案内する。

「おまささん、迷子のおっかさんが来たよ」

「あ、いえ、私はおっかさんでは……」

咲が慌てて手を振ると、まさと呼ばれた老女の傍らで、むにゃむにゃと勘吉が寝返りを打った。

「勘吉……」

その場でへたり込みそうになった咲へ、まさが苦笑を漏らした。

「お稲荷さんで眠ってたんだよ。辺りを探したけど、おっかさんも子守も見当たらないから、放っておけなくてねぇ……」

「おっかさんが眠ってるうちに、一人で勝手に出てっちゃったみたいで。その……この子の母親は今、次の子を身ごもっておりまして、昼餉の後につい眠り込んじゃったようなんです」

「あらあら。でももう、大人しくしていられない年頃だから、目を離しちゃ危ないよ。せめて迷子札か守り袋を持たせてやっとくれ」

咲たちが話すうちに、勘吉が再び寝返りを打ちつつ目を覚ました。

「おっかさん？　ううん、おさきさん……？　あれれ？」

「あれれ、じゃないよ、勘吉」

身体を起こして、見知らぬ場所にいるのが判ると、勘吉はみるみる目を潤ませた。

「おっかさんは？　おっかさんはどこ？」

「おっかさんだって今頃泣いてるよ。さ、帰ろう」

歩かせるよりも早いと、咲は泣きじゃくる勘吉を抱き上げた。

まだ三貫余りの勘吉だが、五尺二寸の咲には結構な重さである。けれどもその重さも温もりも、今は咲を安堵させた。

まさと番人に礼を言い、小屋敷の間を抜けて平永町へ向かうと、岸町にさしかかったところで路の姿が見えた。

「勘吉！」

「おっかさん！」

泣きながらひしと抱き合う二人に、咲も再び胸を撫で下ろした。


夕刻には出職の者たちも帰って来て、皆、勘吉の無事を喜んだ。

「一人で玉池稲荷まで行っちまうとは、いつの間にやら大きくなっちまって……」

つぶやいたのは、路の向かいに住む瓦師の多平だ。

「けど、危ねぇなぁ。調子に乗って、たったかたったか行っちまったんだろうが、日中は人通りがある分、誰の子か判りゃしねぇし、泣いてなきゃ、なかなか迷子たぁ判らねぇしなぁ」

しまの夫で左官の平八が言うと、平八の息子の平九郎、石工の五郎、大工の辰治、福久の夫で紺屋で働く保と、男たちが揃って大きく頷いた。

「ほんに、ご迷惑をおかけして……」

六尺近い身体を曲げて、路の夫の三吉が蕪と葱の煮物を皆に勧めた。

「なんの用意もなくてすみません。明日改めて何か作らせてくだせぇ」

「こちらもどうぞ」と、根芋の酢味噌和えが入った丼を差し出したのはしまの向かいに住む新助で、三吉と同じく料理人である。

「すまねぇ、新助さん」

「なんの。うちも今日は、これ一つで済ませるつもりだったから」

新助は三吉より一つ年上で、五郎より一回り若い二十五歳。新助の妻は幸という名で、日中は神田明神の近くの茶屋で茶汲み女をしている。

味噌汁は咲と福久で作り、しまが漬物を切って、路と三吉、それから向かいの多平の家の戸を開け放して皆で集った。

「おしょうがつみたい」

つい七日前の元日を思い出したのか勘吉はご機嫌だ。

「もう、みんながどれだけ走り回ったと思ってるの。寝こけた私も悪いけど、勝手に長屋を出たら駄目じゃない」

勘吉を小突いてから、路は咲の方を見た。

「ねぇ、お咲さん、守り袋をお願いできない？」

路が問うのへ、しまと福久が「それがいいよ」と口を揃え、その横で幸も頷いた。

「もちろん作ったげるけど、意匠は何がいいかねぇ？」

松枝町のまさが言った「迷子札か守り袋」に長屋の皆も強く同意している。

咲が言うと、「いしょう？」と、勘吉がきょとんとした。

そんな勘吉に、幸が微笑と共に問う。

「勘吉が、この世で一番好きなものはなぁに？」

「おっかさん！」

「む……」

父親の三吉が眉根を寄せて、皆の笑いを誘った。

くすくすしながら、今度は路が問うた。

「じゃあ勘吉、二番目は？」

「たまご！」

「むむ」

眉間の皺をますます深くした三吉に、皆の笑いも大きくなる。

――賑やかな夕餉のひとときを過ごした翌日、咲は昼の九ツ過ぎに家を出た。

日本橋の小間物屋・桝田屋に納める財布を仕上げたばかりであった。

疲れた目と手を休めるために柳原へ向かおうとして――空腹を覚えて踵を返す。

まずは腹ごしらえ、散歩とお参りはその後だ――

昨日、勘吉を連れ帰った道をたどって、玉池稲荷の横を通り、松枝町の蕎麦屋・柳川へとやや速足で歩いた。師走の半ばに、錺師の修次から教えてもらったこの蕎麦屋の信太――甘く煮つけた油揚げを載せた蕎麦――が咲は気に入っていた。

柳川は、二階建ての表店が連なる一番端にある。

半町ほど先に暖簾を認めてついにんまりすると、咲はふと一人の女に気付いた。

両手を胸に、柳川の暖簾を見つめながら、迷うように一歩近付いては退いている。

一人で飯屋に入ったことがないのかね……

一休みの茶屋はともかく、蕎麦屋や一膳飯屋などで女の一人客を見ることは滅多にない。咲とて中年増となった今でこそ一人でも平気だが、数年前まではどうにも気後れしたものだ。もしも一人では入りづらいというのなら、相席もやぶさかではないと咲は女に声をかけた。

「あの、お蕎麦を食べにいらしたんで？」

「あっ……ち、違うんです」

「違うんですか。じゃあ一体……」

言いかけて咲は口をつぐんだ。

改めて見た女の顔は大分やつれていて、悩みごとを抱えているのは明らかだ。

恋やつれってんじゃなさそうだけど――

初めて柳川を訪ねた際に、咲の妹の雪に片想いしていた小太郎が思い出される。

誰かと待ち合わせているのか、客の誰かが出て来るのを待っているのか……

なんにせよ、店に入る気がないなら己が気を回すこともなかろうと、曖昧に会釈をしてから咲が暖簾へ足を向けると、ひょいと店の横からしろとましろが現れた。

「あ、咲だ」

「咲だ」

口々に呼んで近寄って来ると、双子は傍らの女を見上げて言った。

「この人、誰？」

「おばさん、誰？」

「ねぇ、おばさん、それなぁに？」

言いながら、しろかましろのどちらかが、胸に抱いた女の手をつかんで引っ張る。

「こら！」

咲は慌てて、しろだかましろだかの手をはたいた。

「不躾(ぶしつけ)なことするんじゃないよ」

「だって隠してるんだもん」

「何かいい物に違いないよ」

悪びれずに、二人は口を尖(とが)らせる。

「いい物なんかじゃ……」

つぶやくように言って、女は己の手の中にある物を見つめた。

女の華奢(きゃしゃ)な手のひらよりやや大きいそれは、守り袋だった。

元は緋色だったと思われる布はいまや色褪せ、薄汚れて柿色になっている。表に縫い取られていたのは鶴のようだが、すり切れた組紐や袋口、丸く膨らんだ底よりも一層傷んでいて、白い影にしか見えなかった。

覗き込んだ咲に気付くと、女はさっと守り袋を握りしめ、何も言わずにうつむき顔で去って行った。

「あーあ、行っちゃった」

「咲が怖いから行っちゃった」

「なんだって？」

じろりと二人を見下ろすと、双子は怯むどころかにやにやした。

「だって、こぉんな顔してた」

「こぉんな顔」

二人して眉間に皺を寄せようとして、うまく寄せられず――両手を額にやってわざわざ縦皺を作ってみせる。

縫箔師だけに、傷んだ守り袋――特に変わり果てた刺繍の鶴を見て、知らず知らずに眉をひそめていたようだ。女が逃げ出したのは、まさか己を恐れてのことではあるまいが、しかめ面はよくないと咲は努めて穏やかに二人に言った。

「あんたたち、お昼はもう食べちまったかい？　まだなら一緒に信太をどうだい？　昨日のお礼に馳走するよ」

「信太……お揚げ？　お揚げ？」

「お揚げ？」

先月食したのを思い出したらしく、二人揃って目を輝かせる。

「そうだよ。お揚げのお蕎麦だよ」

「食べる」

「お揚げのお蕎麦食べる」

いそいそと二人は咲より先に柳川の引き戸に手をかけた。

柳川に入ると、既に顔見知りとなった給仕の孝太が微笑んだ。店主の清蔵の孫で、耳が不自由な十三、四歳の少年である。柳川は表店でも、この二人のみで営むこぢんまりとした店だ。

「お咲さんと……」

「おいらは、しろ」

「おいらは、ましろ」

「しろ……と、ま、しろ……」

双子の口元を見ながら繰り返した孝太へ、二人は大きく頷く。

「おいら、信太」

「おいらも、信太」

「私も。ああ、この子らのは小さい椀(わん)で――」

「お揚げは一枚ずつ」

以前の注文を覚えていたらしく、孝太はにっこりとした。

孝太が清蔵に注文を告げに行くと、咲の隣りに座ったしろが問うた。

「あの人、何を持ってたの？」

四尺ほどしか背丈のないしろとましろには、女が胸の前で開いた手の内が見えなかったようである。

「守り袋だよ。古い、色褪せた……」

「守り袋？」と、今度はましろが問うた。

首からぶら下げるか腰に提げるかという守り袋だが、この二人は身に着けていないどころか、それが何かも知らないらしい。

「小さい子がよく腰に提げてるだろう？　元は火打石(ひうちいし)の袋だったそうだよ」

厄除(やくよ)けに火打石で切り火を切るのは古くからの風習である。

「守り袋はおっかさんやおとっつぁんが、子供の無事を祈って、護符や迷子札を入れとくんだ。家にいるうちはいいけど、表へ遊びに行くようになったら、何が起きるか判らないからね。うっかり怪我(けが)をしやしないか、迷子になりやしないかと、親ってのは気が気じゃないもんなんだよ」

子供どころか、夫もいない身であるが、弟の太一(たいち)とは四つ、妹の雪とは七つ離れている。物心ついた太一や雪が表へ遊びに出るようになってから——否、両親を亡くしているからか、二人が奉公に出た今も尚(なお)——二人の無事を日々祈ってやまない咲だった。

大して信心深くもないのにね……

だが、守り袋に込められた祈りは神頼みのそれとはまた違う。

「しろは持ってないね」

「ましろも持ってないよ」

互いの腰を見やって双子は何やら残念そうだ。

「そりゃあんたたちは——」

神狐の化身なれば稲荷大明神の加護は厚く、守り袋なぞ無用だろう。

が、余計なことは言うまいと、咲は口をつぐんだ。

——いいから黙ってようぜ。古今東西、狐狸妖怪(こりようかい)の類(たぐい)ってのは、正体がばれると去っちまうことが多いだろう？――

そう言った修次の言葉が思い出されたからだ。

「おっかさん、忘れちゃったのかな……？」

「おとっつぁんも、忘れちゃったのかな……？」

しょんぼりと肩を落としたしろとましろだったが、孝太が折敷を運んで来ると、みるみる機嫌を直して咲を見上げた。

「おいらたち、ちゃんとお箸で食べるよ」

「たんと稽古をしたんだよ」

それぞれ、にこにこしながら折敷の箸に手を伸ばす。

「そうかい。そりゃ感心だ」

咲が微笑むと、二人は箸と椀を手にして得意げになった。

「見て、咲」

「おいらも見て」

二人して咲が教えた通りに箸を操り、ふうふうと息を吹きかけて冷ましながら油揚げを齧って、蕎麦をすする。

「美味しいね」

「美味しいね」

無邪気に喜ぶ双子は人の子となんら変わりなく、咲の顔をほころばせる。

のんびりと箸を動かす間に、勘吉の守り袋の意匠があれこれ浮かんで、なんとも満ち足りた昼餉のひとときとなった。

七日が過ぎ、睦月十六日がやってきた。

咲が待ちに待った藪入りである。

太一が使う布団は、昨日のうちに貸し物屋から借りてきてあった。

手早く朝餉を済ませると、咲は掃除に勤しんだ。

いつもなら掃除も前日までに済ませておくのだが、此度は太一ばかりか、雪も夕刻まで帰らぬことが判っている。

母親が亡くなり、塗物師に弟子入りしてから五年ほどは、太一も朝のうちに咲のもとへ戻って来たものだったが、十代も半ばを過ぎると、弟子同士の「付き合い」とやらで昼間は遊びに出るようになっていた。

が、雪曰く、昨年の文月に続いて此度の藪入りも、太一は昼間は想い人である菓子屋の桂という娘に会いにゆくらしい。その雪も、十日ほど前に咲が届けた小太郎の文を受けて、昼間は浅草界隈を小太郎を案内して回るという。

隣りの福久の家は次男一家が訪ねて来て賑やかだが、二軒隣りのしまの家は同居の長男に続いて次男、三男と男ばかりの兄弟だから、朝のうちに三人揃うとやはり夕刻まで遊んでくるのが習わしになってきた。

大家の藤次郎にも息子が二人いるものの、二人とも妻子持ちの職人だから、盆と正月には顔を出すが藪入りに訪ねて来ることは滅多にない。よって藤次郎と、独り身のまま五十代になった由蔵はいつも通りだが、向かいの平屋の独り身の五郎、辰治、多平は仕事場が休みとあって、それぞれ仲間と出かけたようだ。

料理人の三吉や新助、茶汲み女の幸が勤める料亭や茶屋は、三軒とも藪入りでも店を開けているから、三人は朝から変わらぬ様子で出かけて行った。

一通り掃除を終えると昼をまたいで咲は仕事に励んだが、八ツを過ぎてすぐ、先に帰って来たのは雪ではなく太一だった。

「あれま、早かったね」

「まあな……あれ、雪は？　遣いにでも出てんのかい？」

「雪はあれだよ、あんたと同じ」

「俺と同じ?」

「あの子にもいい人ができたのさ」

「なんだと? いい人ってのは一体誰だ？　いや、それより姉さん、なんでその、俺のことまで——」

「私はなんだってお見通しだよ」

澄まして言ったところへ、雪も姿を現した。

「あら、雪、あんたも早かったじゃないの」

「だって……あら、お兄ちゃん、早かったわね」

「雪、ちょいとここへ来て座れ。一体、誰とどこへ出かけてたんだ？」

「あらやだ。えらそうにしないでよ。お兄ちゃんこそ、誰とどこで会ってたのやら」

手招いて急かす太一に、雪は上がりかまちでつんとした。

思わず小さく噴き出すと、咲は雪に太一の横に座るよう促した。

「雪の話はちょいと長くなるから、まずは太一、あんたの話を聞かしとくれ」

太一のしかめ面は雪の手前だからで、もとより打ち明ける気で早めに帰って来たらしい。差し出した手土産は干菓子と薄皮饅頭だった。

「お桂が姉さんと雪にって……」

「おや、気が利くじゃないの」

咲が言うと、太一はようやく照れた笑みを浮かべた。

桂は十軒店（じっけんだな）より少し東の大伝馬町（おおでんまちょう）にある菓子屋・五十嵐（いがらし）の娘で、五十嵐は太一の師匠である塗物師・景三（けいぞう）の贔屓（ひいき）の店である。

太一が景三の妻の代わりに五十嵐へ初めて菓子を買いに行ってから三年、桂と想いを交わすようになってからも既に二年が経（た）っているという。

「お桂さんはいくつなんだい？」

「俺より二つ年下で……」

とすると二十一歳になったばかりである。

「それじゃあ、急いだ方がいいね。あんたは、もう！　二年も――年増になってからも一年も待たせるなんて――なんだって昨年言わなかったのさ！」

「そら姉さん、あちらさんにも、俺にも事情があらぁな。『半人前にゃあ、娘はやれねえ』って親父（おやじ）さんは言うし、師匠も『独り立ちにゃあ、あと一年』ってんで、延び延びになってたんだが、やっとこ師匠の許しが出たとこなんだ」

「じゃあ、独り立ちと一緒に嫁取りかい？」

なんともめでたい話に、咲はついつい声が高くなる。

「そういうことだ」

苦笑を漏らしてから、太一は隣りの雪を見た。

「そんで、お前はどうなんだ？」

太一が問うのへ、雪はわざともったいぶって、昨年、小太郎に財布を拾ってもらったくだりから、奉公先の旅籠・立花での再会、咲が先だって届けた文のことを話した。

「……それで今日は一緒に仲見世を覗いて、浅草寺にお参りに行ったの。お昼も一緒に、東仲町のお茶屋さんで」

「茶屋だと？」

「何よ、怪しいところじゃないわ。そっちこそ、お桂さんをそういうとこに連れ込んでんじゃないでしょうね？」

「ば、莫迦を言うな」

慌てた太一ににやりとしてから、雪は続けた。

「小太郎さんが、お姉ちゃんとお兄ちゃんによろしくって。お姉ちゃんはゆっくりしておいでって言ってくれたけど、小太郎さんたら、お姉ちゃんが一人で待ってるだろうから、早く帰った方がいいって」

「なんだい、えらそうに」と、咲は形ばかりむくれて見せた。

二人でゆっくりしてこいと言った言葉に嘘はなかったが、一刻でも半刻でも早く会いたかったのも本心だ。

既に火鉢にかけてあった湯から茶を淹れて、太一の手土産の饅頭を食べた。

「うん、美味しいね」

「そら、師匠の御用達だからな。餡子が違わぁ」

「お兄ちゃんたら」

それとなく自慢げな物言いの太一が可笑しくて、雪と二人で笑い合う。

「それで祝言はいつにするんだい？」

「それはだから、姉さんと相談してから――ああその前に、師匠が五十嵐との顔合わせを取り持ってくれるってんで……その、すまねぇが明日、師匠んとこに顔を出してくれねぇか？」

「もちろんだよ。善は急げだ。あとがつかえてんだからさ」

雪を見やると、雪も頬を染めて頷いた。

「すまねぇ」と、太一は繰り返した。「その、姉さんを差し置いて……」

「もう！ よしとくれよ、太一。私のことはいいんだよ。それより早く所帯を持って子供の顔でも見せとくれ――

言い止して咲は内心首を振った。

いくらなんでも年寄り臭い——

「ふふ、嫌ぁだ、お姉ちゃん」

「うるさいね」

忍び笑いを漏らした雪を小突いてから、照れ隠しに咲は用意していた年玉を二人へ差し出した。

「鏡餅はもういただいただろうから……」

歳神を迎えて、一年の豊作や多幸を祈るのが正月の習わしだ。鏡餅には歳神の魂が宿るといわれていることから、鏡開きに鏡餅を「年魂」として分け与えたのが「年玉」の起こりである。家では家長が、奉公先では店主や師匠が鏡餅を振る舞うが、近年は餅だけでなく、末広がりをかけた扇子を始めとする小間物や、ちょっとした金子を添えることも多くなってきた。

鏡開きは終えてしまって餅はないが、二人のために咲は着物を仕立ててあった。太一には藍鼠を基調にした滝縞の、雪には単色だがあまり見ない青白橡の単衣である。それぞれの着物の上に載せてあるのは懐紙に巻いた百文緡で、こちらは餅の代わりに毎年用意しているものだ。

「着物まで……大盤振る舞いじゃない。どうしたの、お姉ちゃん?」

「どうしたもこうしたも、ちょいといい実入りがあったからさ。いいじゃないのさ。太一がお桂さんと所帯を持って、あんたも小太郎さんに嫁いじまったら、こんな風に三人で会うのもこれが最後かもしれないし」

「もう、そんなこと言わないでよ。お兄ちゃんはどうだかしらないけど、私はこれからも顔を出すから」

どちらもからかい口調だったが、言ってから二人してしんみりしてしまう。

父親の元一は二十年前――雪が生まれるのを待たずに疫病で、母親の晴は十三年前、咲、太一、雪が、それぞれ十四歳、十歳、七歳の時に風邪をこじらせて死している。

咲が姉であることに変わりはなく、今はここが弟妹の「家」でもあるのだが、伴侶ができれば二人の「家」は別になる。藤次郎の息子たちのように盆暮れには顔を見せてくれようが、独り身の侘しさを覚える時がまた少し増えそうだ。

とりなすように太一が笑った。

「俺もお桂と一緒になっても、折を見て顔を出すよ。それにお桂は炊事は得意なんだが、針仕事は苦手らしいや。独り立ちしたらお仕着せはもらえねぇから、新しい着物は助かるよ。しかし、これじゃあまるで、姉さんとこに奉公してるみてぇだな」

日頃の奉公を労うのに、藪入りに小遣いに加えて着物や履き物を用意する主は少なくない。在所が遠い奉公人には、江戸土産まで持たせることもある。

「こんな色の着物は滅多に見ないから、きっとみんな羨ましがるわ。ありがとう、お姉ちゃん」

はしゃぐ雪や、はにかむ太一からこの半年ほどの出来事を聞くうちに、あっという間に七ツになった。

連れ立って湯屋に行って帰ると、声を聞きつけたのか勘吉が出て来た。

「おさきさん！」

太一と雪を見上げて戸惑う勘吉へ、路が言った。

「太一さんとお雪さんよ。秋にもお会いしたでしょう？」

「たいちさん。おゆきさん。ごちそうです」

「うん？」

小首をかしげた太一に、勘吉は満面の笑顔を向けた。

「おとっつぁんがつくったの」

「夕餉をね、三吉さんに頼んどいたんだよ」と、咲は言った。「――もしかして、取りに行ってくれたのかい？　あんた、そんなお腹で……」

悪阻はとっくに収まっていたが、あと三月と待たずに生まれてきそうな路の腹は大分膨らんでいる。

「いいのいいの。ちょっとは動かないと、かえってくたびれちゃうのよ。それに、今日はうちの分も頼んでたから」

咲が路から重箱の包みを受け取る間に、雪が勘吉の腰に目を留めて問うた。

「この守り袋はお姉ちゃんが？」

玉子が好物の勘吉だから、鶏や雛、卵の意匠でもいいと思ったが、玉子よりも劣るのかと三吉がこぼしていたと路から聞いて、戌年生まれにかけて刺繡は犬張子にした。

四年前に長屋に越してきた咲は、勘吉を生まれた時から知っている。居職ゆえに、路と勘吉とは毎日顔を合わせているし、湯屋も誘い合わせて行くことが多い。

表で怪我をしないように、迷子にならないように、路や三吉が勘吉へ向けるまなざしを思い出しながら、一針一針祈りを込めた。

「おいらのまもいくろ」

舌足らずだが自慢げな勘吉に、雪と太一が揃って目を細める。

「守り袋なら私も持ってるわ」と、雪。

「もってないよ」

雪の腰の辺りを見やって言った勘吉に、雪はにっこりとして応えた。

「うふふ、ちょっと待ってて」

咲の家から己の巾着を取って来て、中から守り袋を取り出した。

昔は深緋、今は水柿色となった守り袋には白い千鳥が縫い取られている。

「とりだ」

「そうよ。勘吉のは犬ね」

「おいら、とりもすき」

「私も、犬も好きよ」

喜ぶ勘吉と守り袋を見せ合う雪を横目に、路が問うた。

「お雪さんのも、お咲さんが作ったの？」

「まさか。あれは母が」

亡くなる前に――

言葉に詰まった咲の代わりに、雪が付け足した。

「うちは母も縫物が得意だったのよ」

「まあ、羨ましい」

「でも今は、お姉ちゃんの方が上手だわ」

「あたり前じゃないか。これでも修業した身だよ」

咲が言い返すと、路が微笑む。

「お咲さんがいるから助かるわ。私、縫物はどうも苦手で……背守り(せまもり)だって、お咲さんに手ほどきしてもらったけど、刺し子みたいに縫うのが精一杯で」

「充分だよ。それに、あれくらいの手ほどきで玄人裸足(くろうとはだし)になられちゃ、こっちはおまんま食い上げちまう」

咲の台詞(せりふ)に路と雪に加えて、太一と勘吉もつられて笑い出す。

家に帰ると太一が言った。

「お前、まだ持ち歩いてたのか？」

「まあね。お兄ちゃんはどうせ、どこにやったのかも思い出せないんでしょ？」

「そんなこたねぇ。まだ行李(こうり)に仕舞ってあらぁ」

「私もまだ、簞笥(たんす)に仕舞ってあるよ」

咲の守り袋は雪の物とほぼお揃いで、太一のは色違いの、だがやはり千鳥が縫い取られている。

路にはおどけて言ったが、背守り同様、どんな守り袋も「親」の手には敵(かな)わない。

母親との想い出の少ない雪がいまだ守り袋を持ち歩いていても不思議はないが、太一まで失くさずに大切にしていると知って咲は胸を熱くした。

雪や太一の――勘吉のためにだって、己は命を投げ出せる。

けれども親の情愛はまた別物だ……

大年増に近付きつつある己が「母」となることは、おそらくもうないだろう。心残りがなくはないが、以前ほどではなかった。

十八歳で破談となってから九年になる。相手は兄弟子にして、のちに親方・弥四郎の跡目となった啓吾である。職人であることよりも妻であることを望んだ啓吾に、咲は寄り添うことができなかったのだ。

話が持ち上がる前から想いを寄せていた相手だけに破談はこたえたが、啓吾が妻を娶るのと前後して、咲が独り立ちしたのも既に六年前だ。啓吾に未練はないものの、伴侶といずれ子を持つだろう太一や雪が少しばかり羨ましいのは否めない。

重箱の中身は福豆煮、麩と三つ葉の金紙玉子巻き、鰯のつみれと大根煮、真鱈の餡かけと、勘吉が言った通りご馳走で、咲たちは炊き立ての飯と共に舌鼓を打った。

三人で少しだけ酒を飲み、二階に布団を並べて横になった。

次の藪入りは文月だが、師匠の許しがあるなら、できるだけ早く太一を独り立ち、そして嫁取りさせてやりたいものである。

忙しくなりそうだね……

母親になる機会には恵まれなかったが、咲は太一の親代わりだし、太一の妻なら咲には義妹だ。両親を早くに亡くしているだけに、新たな親類を迎えるにあたって、不安よりも喜びの方が大きな咲だった。

◎

翌日、太一を送りがてら景三を訪ねて、顔合わせの日取りが決まると、咲は浮き立ったまま桝田屋の仕事に取りかかった。

――数日はこもりきりで仕事に勤しんだが、二十日は朝のうちに桝田屋に品物を納めに行った。勘吉に犬張子の守り袋を作ったことを話すと、桝田屋の女将の美弥は目を輝かせた。

「守り袋もいいわね、志郎さん?」

「ええ、女将さん」

志郎というのは桝田屋の手代にして唯一の奉公人だ。三十一歳の美弥より二つ三つ年下で、愛想は今一つだが、物知りゆえに美弥や客の信頼は厚かった。その働きぶりから給金は番頭並であるものの、束ねるべき他の店者がいないからという志郎自らの言い分により、肩書は「手代」のままらしい。

美弥は七年前に夫を亡くし、志郎は通いの独り身である。七年も一緒に働いているだけあってちらほら阿吽の呼吸も見られる二人だが、いまだ男女の仲には至っていない。

「ねぇ、お咲ちゃん」

客が途切れたからか、やや砕けた口調になって美弥は言った。

「手間賃は出すから、今度、守り袋の見本を一つ作ってきて。守り袋は注文の方がいいと思うのよ。私、どんどん売り込むわ。きっと注文取れるから」

日本橋の小間物屋の女将にふさわしく、華やかで愛嬌のある美弥の言葉は心強い。

「ありがとうございます。次に来る時、一つ作ってきますから」

美弥曰く、咲の作った縫箔入りの財布や煙草入れの評判は上々で、預けておいた品物の代金と心付けで懐が、美弥の励ましで胸が温まった。

早速守り袋を作ろうと、寄り道せずに帰宅することにしたが、十軒店を過ぎると空腹を覚えて咲は鍛冶町を東へ折れた。

柳川で蕎麦を食べて帰ろうと思い立ったのだ。

小屋敷が連なる道を急ぎ足で歩いて行くと、後ろから声がかかった。

「おおい、お咲さん」

振り返ると、しろとましろを連れた修次がのんびりと歩いて来る。

「修次さん」

――なんなら、俺がもらってやろうか？――

年明け早々の、求婚めいた言葉を思い出して咲はちょっぴりどぎまぎしたが、中年増ともなれば顔に出さぬだけの年の功がある。

修次よりも先に、しろとましろが駆けて来て咲を見上げた。

「咲も柳川に行く？」

「お蕎麦を食べに行く？」

「そうだけど、あんたたちもかい？」

「今日は修次が馳走してくれるんだよ」

「信太を馳走してくれるんだ」

口々に言うしろとましろの後ろで、修次が苦笑しながら頰を掻いた。

「賭けに負けちまって……」

「賭け？」

「こいつらがあんまり嬉しげで――何やらいいことがあったってんだが、訊いても教えてくれねぇから、どちらがしろかましろか当てたら教えてくれって言ったのさ」

「それで外しちまったのかい？」

「そういうこった」

「外したら、信太を食べさせてくれるって言ったよ」

「外したから、信太を食べさせてくれるんだよ」

「そうかい。そりゃあんたたち、よかったね」

「お咲さんよ……まあ、こうしてお咲さんに会えたんだから、よしとするか」

気を持たせる台詞をさらりと口にしてにっこりする様は、色男ならではであった。

咲より一つ年下の修次は、その両手こそ職人らしくいかついが、居職ゆえに色白で、目鼻立ちの整った洒落者だ。

「ふふ、またお揚げが食べられるね」

「今日もきっと美味しいね」

ご機嫌な二人に、冗談めかして修次が問うた。

「俺やお咲さんにねだらなくたって、お前たちなら蕎麦くれぇ、いつでも食べられるだろう？」

「でもおいらたち、お金持ってないもん」

「お金がないとお蕎麦は買えないんだもん」

「ん？　だがほら、お前たちはよく、柳原の稲荷に出入りしてるだろう？　あすこの賽銭箱なら、ちったぁ金が入ってるんじゃねぇのかい？」

それとなく探るように問うた修次に、双子は揃って頰を膨らませた。

「賽銭箱のお金は盗ったらいけないんだぞ」

「賽銭泥棒っていうんだぞ」

「修次の莫迦」

「ばち当たり」

「判った、判った。俺が悪かった。この通りだ」

咲より五寸ほど高い身体を深々と曲げて修次が謝ると、しろとましろはつんとしながらも再び歩き出す。

顔を上げた修次が咲を見やり、双子に悟られぬよう微苦笑と共に肩をすくめた。

柳川が近付くにつれ、双子の顔には笑顔が戻り、店に入ると勝手知ったる様子で空いている縁台に並んで座る。

修次は向かいの縁台に、双子と顔合わせになるよう座ったが、咲は修次の隣りは気が引けて双子の隣りに腰かけた。

「お咲さんも信太かい？」

「うん」

「じゃあ孝太、信太を三つ、お揚げは四枚」

頷いた孝太がしろとましろの腰へ目をやったのを見て、咲は初めて二人が守り袋を提げているのに気付いた。

紺色の着物や濃紺の綿入れと同じく藍染の小袋に、瑠璃紺（るりこん）の糸で「抱き稲」の紋が縫い取られている。抱き稲は稲荷神社の神紋に多用されている意匠で、二人の守り袋の紋の稲は左右に一本ずつ、下が結ばれている「抱き結び稲」だ。紐はやはり瑠璃紺だが、根付（ねつけ）は丸い木の玉と素朴である。

「あんたたち、それ、どうしたんだい？」

咲の問いに二人は揃ってにっこりとした。

「おっかさんが作ってくれたの」

「おいらたちのために作ってくれたの」

腰から外して、しろとましろは自慢げに咲と孝太に守り袋を差し出して見せる。

「おっかさんが……いいなぁ」

つぶやくように言った孝太へ、双子は嬉しそうに声を弾ませた。

「怪我をしないようにって、おっかさん言ったよ」

「迷子にならないように、とも言ってたよ」

「これをつけてたら一緒なんだって」

「おっかさんが一緒にいるのとおんなじなんだ」

どうやらこれが二人の「いいこと」だったようである。

――おっかさんってのもお狐さまなのかねぇ……？

咲は内心小首をかしげたが、狐だろうと神さまだろうと、子を想う心は人と変わりあるまいと一人で合点する。

ちらりと向かいの修次を見やると、修次も気付いて楽しげに微かに頷いた。

ひとしきり見せびらかすと、二人は再びしっかりと守り袋を腰に戻した。

修次に箸使いを褒められてますます気をよくした双子と共に、咲も和やかな気持ちで信太を口に運んだが、食べ終えて金を折敷に置いたところへ、男が一人、店に怒鳴り込んで来た。

「おい、清蔵さんよ！」

板場から男を見やった清蔵が、忌々しげに舌を打つ。

「うるせぇな。話があんなら表へ出やがれ。――孝太！　孝太！」

耳の不自由な孝太は、大声で二度呼ばれて板場を振り返った。

「ちょいと火を見てろ」

手振りに招かれて孝太は清蔵と入れ違いに板場に入ったが、店を出て行く清蔵と男を不安な目で追う。

咲たちも続いて表へ出ると、店先で男が清蔵に食ってかかった。

「おゆうがここに来ただろう？」

「おゆう……？」

「そうだ。とぼけたって無駄だからな」

「……あいつなら、おめぇんとこにいってから、一度たりとも見ちゃいねぇ」

「嘘をつくな！　店に隠してんじゃねぇのかい！」

「莫迦莫迦しい。親子の縁はとっくに切れてんだ。今更、あいつが俺の前に顔を出すこたねぇし、出してもとっとと追い返してやる。それより、おめぇこそどうした？　あいつに逃げられるようなことしたんじゃねぇのか？」

「うるせぇ、爺(じじい)！」

親子の縁、というからには、ゆうは清蔵の娘だろう。

ふと、先日店の前で躊躇(ためら)っていた女を咲は思い出した。

おそらくあの人がおゆうさん――

清蔵の台詞からして、ゆうは勘当された身のようだが、このような男に追われているなら、清蔵にはゆうが訪ねて来たことを知らせておきたい。

男が諦めて帰るまでしばし待とう、修次たちは先に帰してしまおうと、咲が急ぎ考えを巡らせ始めた矢先、しろとましろが無邪気に言った。

「その人、守り袋を持ってる？」

「古い、色褪せた守り袋」

怪訝な顔でこちらを見て、男は頷いた。

「――ああ、持ってら。古臭ぇ、ぼろぼろの守り袋を後生大事にしていやがった」

「そんなら、おいらたちその人を見たよ」

「こないだ、店の前でうろうろしてたよ」

「こら、あんたたち！　余計なこと言うんじゃないよ！」

咲は叱ったが後の祭りである。

男が清蔵の胸倉をつかんだ。

「爺！　やっぱり、おゆうはここに――」

「おやめ！」

「やめねぇか！」

殴りかからんばかりの男と清蔵に咲は駆け寄ったが、そんな咲より一歩早く修次が二人の間に割って入った。

修次が男を取り押さえ、咲は清蔵を男から引き離す。

威勢はいいが清蔵は既に五十代半ばの老爺で、咲と同じくらい小柄で細い。男が手を放した際によろけた清蔵を支えると、咲は男をきっと睨みつけた。

通りすがりの者が番屋に走り、番人の作太郎を連れて来る。

残っていた客と共に不安げな顔を戸口から覗かせた孝太を、清蔵は怒鳴りつけた。

「火を見とけと言ったろう！　いや、今日はもう仕舞いだ。始末を着けてくっから、火は落として、店を仕舞っとけ。すぐ戻って来っから、店を離れるんじゃねぇぞ」

孝太が頷くのを見て、清蔵は踵を返して作太郎に頭を下げた。


騒ぎに気を取られている間にしろとましろはいなくなっていたが、咲と修次は男を連れた作太郎と清蔵について番屋に行くことにした。

「なんであんたまで……」

「そら、乗りかかった船だぜ、お咲さん」

男を止めてくれた修次には感謝しているが、思わぬ成り行きに――前を行く三人には見えぬようにしているものの――にやにやしている様はいただけない。

面白がるようなことじゃあないってのに……

勘吉を探して先日寄ったから、咲が松枝町の番屋を訪れるのは二度目である。

番屋で、作太郎はまずは清蔵から話を聞いた。

「おゆうは俺の娘だ」

仏頂面で清蔵は言った。

「八年前に縁切りしたがな」

男の名は潤之輔。

京橋より四半里ほど南の、守山町にある油屋・玉井屋の次男だという。

八年前、二十二歳のゆうは、五歳だった孝太を清蔵夫婦に預けて、駆け落ち同然に潤之輔の後添えとなった。

「耳の利かねぇ餓鬼はいらねぇとこいつに言われて、我が子を捨てて男を取った、ろくでもねぇ娘さ」

そのゆうが行方知れずになったので、潤之輔は親元に戻ったのではないかと疑ったようである。

「それで、おゆうさんが行方知れずになったのはいつなんだ？」

作太郎が訊ねると、「それは……」と潤之輔は口ごもった。

「三年前だ」

代わりに応えたのは清蔵だ。

「三年前？」

作太郎と修次が問い返したのへ、咲は閃いた。

「もしや東慶寺に――」

俗に「縁切寺」「駆け込み寺」と呼ばれている寺である。

夫から円満に離縁状を受け取れぬ女は縁切寺に駆け込み、寺から夫に内済離縁を勧めてもらう。多くの夫婦は寺の調停で離縁なり復縁なりが成立するのだが、中には頑として離縁を承知せぬ夫もいて、さすれば妻は寺で足かけ三年――満二年――を過ごして離縁を勝ち取るほかない。

江戸幕府公認の縁切寺は二つあり、一つは鎌倉の東慶寺、もう一つは上野国の満徳寺だ。咲が東慶寺と言ったのは、江戸からなら満徳寺より東慶寺の方がずっと近いからである。

咲の言葉に清蔵が頷き、潤之輔はうつむいた。

「それなら、おゆうさんはもう寺入りを終えて、晴れてあなたとは他人になったってことでしょう」

ゆうは三十路(みそじ)になったばかりだが、潤之輔はゆうより五、六歳年上と思われた。縁切寺に駆け込ませた挙句に、離縁が成立しても未練がましく後追いするような男を「あなた」と呼ぶのは癪(しゃく)だったが、番人の手前、努めて丁寧に咲は言った。

「けど、あれはあいつの一時の気の迷いで……」

「一時の迷いで、女が鎌倉まで駆けてくもんですか。ましてや、寺で二年も過ごすもんですか！」

こらえきれずに声高に咲が畳みかけると、潤之輔もむっとして声を荒らげた。

「あんたにゃかかわりのねぇことだろう！　俺は今一度あいつにやり直すきっかけをやろうと思って――」

「今一度あいつを痛めつけるためだろう」

ぼそりと清蔵が言った。

「なんだと？」

「……うちのが時折見に行ってたんだ。俺は止めたんだが……」

幼い孝太を捨て、潤之輔に嫁いだゆうへ清蔵は縁切りを言い渡したが、今は亡き清蔵の妻・江は、ゆうを案じて、折々に玉井屋に様子を見に行っていたらしい。

「いつ訪ねても、あいつの手足にゃ青痣があったそうだ。時には顔にも……おめぇはおふくろと——あいつの姑と一緒になって、あいつを殴る蹴るしてたんだってな。店のもんには口止めしてたようだが、近所の者が気の毒がって、うちのにこっそり教えてくれたんだ」

三年前にゆうが東慶寺に逃げたことも、やはり近隣の者が江に教えたという。

「そういう事情なら、定廻りの旦那から町奉行さま、それから寺社奉行付きの吟味物調役にでもご相談いただくことになるが……」

作太郎がじろりと潤之輔を見やって言うと、潤之輔は慌てて手を振った。

「そんな、お上の手を煩わせるようなことじゃねぇんです」

「それなら、もう清蔵さんにも、娘さんにもかかわるな。次に騒ぎを起こしたら、すぐに岡っ引きか定廻りの旦那を呼ぶからな」

作太郎に凄まれて、潤之輔は清蔵と目も合わさずに、早々に番屋を出て行った。

潤之輔がいなくなると作太郎が清蔵に問うた。

「……清蔵さん、あんた、息子さんも娘さんも、流行り病で亡くなったって言ってたじゃないか」

「孝太を置いて出てった日から……娘はもう死んだものと思ってきやした」

己よりやや年上の作太郎に、清蔵はつぶやくようにして応えた。

ゆうが十九歳、孝太が二歳の年に、ゆうの前夫にして孝太の父親の雅吉は隅田川の氾濫で亡くなった。親子三人は当時、深川に住んでいた。

「おゆうと孝太はうちに遊びに来ていて……永代橋が落ちた時に似たような母子が流されたってんで、雅吉さんはいてもたってもいられなかったみてぇで……」

ゆうと孝太を探すうちに、流されてきた家屋の残骸に押しやられて死したという。

清蔵は既に芝の増上寺の近くに構えていた店を息子に譲って、己は手伝いに徹していたが、ゆうと孝太が出戻ったので、江と合わせて四人で店の近くに長屋を借りた。

潤之輔がゆうを見初め、ゆうもその気になったのは三年後だ。

「若くして死に別れたんだ。もう一度嫁ぐのは悪くねぇさ。だが、孝太を置いていったのは許せねぇ」

耳が悪い孝太は他の子に比べて言葉も遅く、物事を教え込むのに手間がかかった。苛立つゆうが孝太にあたらぬように、江は「気晴らし」と称してゆうを買い物や芝居に時折送り出したが、そんな出先でゆうは潤之輔と出会ったのである。

「我が娘ながら情けねぇ。雅吉さんに申し訳が立たねぇし、何より孝太が不憫で……孝太を置いて身一つで嫁いでこいと言われたってんで、ならそうしやがれ、その代わり親子の縁もこれまでだと、身一つで叩き出しやした」

二年後、流行り病で息子夫婦と孫の二人が相次いで亡くなった。

清蔵と江、孝太は再び店に移ったものの、三年ほどして――ゆうが東慶寺に逃げてしばらくしたのち、今度は江が病に倒れた。江を亡くしてすぐ清蔵は芝の店を畳んで、孝太と一から始めるべく神田へ越した。

「あんたは、おゆうさんを見たんだね？」

作太郎に問われて咲は頷いた。

「ええ。十日ほど前に店の前で……お一人で何やら迷ってる様子だったんで、声をかけたんですが、蕎麦を食べに来たのではないと。きっとお二人に――清蔵さんと孝太さんに会いに来たんでしょう」

「何を今更」

鼻を鳴らして清蔵は言ったが、潤之輔を相手にしていた時よりずっと低く――か細い声だった。

「子供らも言ってましたが、おゆうさん、守り袋を持ってらっしゃいました。それはそれは大切そうに……大分色褪せてましたけど、おそらく元は緋色で、白い鶴が縫い取られてた守り袋です」

「そんならおゆうに間違えねぇよ。その守り袋は、おゆうが手習いに通い始めて間もない頃に、かかあがおゆうに作ってやったもんだ」

「おゆうさんは何か言ってたかね？」と、作太郎。「誰ぞに世話になってるとか、どこその旅籠に泊まってるとか……」

「いいえ、何も」

「清蔵さん、あんたどうする気だね？」

困り顔で問うた作太郎に、清蔵は再び小さく鼻を鳴らした。

「どうもしやせんや。――いや、潤之輔に言った通りにするだけだ。今更のこのこ母親面して帰って来るようなら、その場でまた叩き出してやりやす」

「清蔵さん、あんた、そりゃいくらなんでも……」

とりなすように作太郎は言ったが、清蔵はぷいとして「孝太が待ってやすんで」と作太郎に暇を告げた。

続いて咲と修次も番屋を出たが、それぞれの家路につくべく西へ向けた足を、十間もゆかぬうちに修次は止めた。

「どうしたんだい？」

番屋では相槌程度しか口を利かずに、そこそこ神妙にしていた修次だった。

「なんでもねぇよ」

「なんでもねぇって面じゃないね。あんたのことだ。今からちょいと、馬喰町でも流しておゆうさんを探して来ようってんじゃないのかい？」

図星を指されたのか、咲の問いに修次は押し黙った。

松枝町から四町ほど南東の馬喰町には、商人や江戸見物客が使う安宿が多くある。縁切寺に寺入りといっても尼になるのではなく、寺の雑用などをしていくばくか駄賃をもらえると聞く。とはいえ、丸二年務めたところで大した金にはならぬだろうから、ゆうが江戸に帰って来たばかりなら、松枝町にほど近い、馬喰町の安宿にでも泊まっているのではないかと踏んだのだろう。

「そういう肚ならやめときな」

「だがよ、お咲さん」

「お節介が過ぎるよ、修次さん。大体、おゆうさんがいつ江戸に戻って来たかも、私らは知らないじゃないのさ。家に戻れないなら、とっくに口入れ屋でも訪ねて、住み込みの仕事でも見つけてんじゃないのかい」

「……そうかもな」

「それに、清蔵さんはああ言ってたけど、孝太に会いたいってんなら、いくらでもやりようがあるもの。おゆうさんが本当に孝太を気にかけてるなら、そのうちあの人は必ずまたやって来るよ」

「けど、もしもあの野郎に見つかっちまったら……」

――あの人は潤之輔なんか恐れちゃいない。

「駆け込み寺まで行ったお人だよ。今更、あんな男なんか恐るるに足らずだ。見つかったって、あの人ならなんとかするさ。だからあんたは放(ほ)っときな」

清蔵と同じく、許せないという思いもあった。

まだ若かったとはいえ、二十歳(はたち)を過ぎた「母」である。

我が子を捨てて、男に走るなんて――

清蔵は縁切りを言い渡したが、江は様子を見に行っていた。

痣の絶えない娘を目の当たりにした江の胸の内を思うと、またやりきれない。

芝から神田に越した二人を探し当てたのなら、母親が亡くなったことは既に知っているとみていいだろう。しかし、ゆうが母親の死を偲(しの)ぶためだけに、わざわざ神田まで訪ねて来たとは咲には思えなかった。

「……おゆうさんはきっとまた戻って来るよ」

願いを込めて咲は繰り返した。

　だって、守り袋を抱いていた……

　母を想い、子を想い——悔いているからこそ戻って来ると信じたかった。

　硬い顔から一転して、修次がくすりとした。

「お咲さんがそう言うなら信じるさ。よかった。このままじゃあ、あんまりだからな。清蔵さんも、孝太も、おゆうさんも……」

　人懐こい笑みを浮かべて修次は続けた。

「なんだか、あべこべだな」

「どういうことさ？」

「だって、いつもお節介が過ぎるのはお咲さんの方じゃあねぇか」

「そんなこと——いや、そうかもね。でも、あんただって大概だよ」

「じゃあ俺たちは、似た者同士ってことになるな」

「よしとくれ」

　微笑んだ修次にすげなく応えて、咲は再び歩き出した。

「まったくつれねぇお人だな……」

　のんびりと——だが楽しげにつぶやくと、修次も足並みを揃えて咲の横に並んだ。

見本の守り袋は、勘吉の守り袋と同じく干支を意匠にした。

一旦縫い始めると、しろとましろ、それからゆうの守り袋も思い出されて、どんどん針が進み、一つならず二つ仕上げて桝田屋に持って行くと、美弥が手を叩いて喜んだ。

睦月も末日の、店を開けて間もない朝である。

「まあ、なんて愛らしいの」

一つは鼠に打ち出の小槌、もう一つは兎の餅つきだ。

「これは必ず売れるわ。子供の守り袋としてはもちろん、大人のためにも縁起物として注文がくると思うのよ。ねぇ、志郎さん？」

「そうですね。匂い袋や薬袋として売り込んでもよいかもしれません」

相変わらず淡々とした物言いであるが、目の付けどころは悪くない。

「流石、志郎さん。――そうだ、お咲さん、干支もいいけど七福神はどうかしら？」

「なんだって縫えますよ。下絵があれば話は早いですけど、なくたってなんとかなります。絵心がなくもないですから……」

「流石、お咲さん。当てにしてるわ」

再び手を叩いて、美弥が満面の笑みを浮かべる。

どう売り込もうかと、はしゃぐ美弥を志郎はやや眩しげに見つめている。

咲の目に気付くと、志郎はさっと目をそらしたが、一瞬だけ舌打ちしそうな顔をしたのが咲には可笑しい。

「お咲さん、どうしたの？」

「どうもしませんよ」

「そう？ それにしてもいいこと続きよ。ねえ、ちょっとこれを見て」

美弥が開いて差し出した紙包みは、銀の銀杏簪だった。

よく実った稲穂の上に、大小の向き合う鶴が飛んでいる。

「……修次さんですね？」

「そうなの。つい先ほど、修次さんのお遣いの喜兵衛さんて人が来て、試しに一つ置いてくれないかって」

「喜兵衛さんは修次さんとこに出入りしてる人ですが……お美弥さん、ちょいと銘を見せておくんなさい。もしやまた――」

喜兵衛は以前、修次が投げ出した作りかけの簪に、勝手に銘を入れて小間物屋に売り飛ばしたことがある。

「ふふ、そこはちゃんと念押ししたわ。お咲さんから話を聞いてたから……前の一件で修次さんにこっぴどく叱られて、次は縁切りだと脅されてるから、これは正真正銘、修次さんの作ですって。銘は志郎さんにも見てもらったから間違いなしよ」

「それならいいんですが」

「うふふ」と、美弥は再び忍び笑いを漏らした。「修次さんたら、どういう風の吹き回しかしらね？　うちのことは気にも留めていなかったようだったのに……もしかして、お咲さんのおかげかしら？」

「いいえ、私はなんにも……」

「そうお？　なんにせよ、ありがたいわ。この簪はすぐに売れるわ。ちょうど娘さんの祝言が決まったお客さまが二人いるのよ。縁起物として、どちらかがきっとお買い上げくださるわ」

大小の鶴を美弥は夫婦と見ているようだが、これを彫る間、修次が思い浮かべていたのはゆうと孝太、もしくは清蔵とゆうではないかと咲は思った。

桝田屋を出ると、咲は一刻ほどまだ空いている日本橋をぶらぶら歩いて、九ツ前、人通りが増してきたのを潮に柳川に足を向けた。

店の前で辺りを窺い、しろもましろも――修次も――見当たらないのに何やらがっかりしつつ、咲は柳川の暖簾をくぐった。

九ツが鳴ったばかりの店はいつもより混んでいる。

空いている縁台を探して店を見回すと、孝太の代わりに女が給仕をしていた。

振り返った女と目が合った。

「あ、あなたは――」

「つると申します」と、間髪を容れずに女が応える。

「えっ？」

ゆう――否、つると名乗った女は、他の客に気付かれぬよう、さっと人差し指を口にやった。

空いた一角に腰を下ろして、咲は改めてゆうを見上げた。

「信太を一つ……」

「はい。信太をお一つですね。――清蔵さん、信太を一つ」

「おう」

板場の向こうで短く応える声がしたが、清蔵がどんな顔をしているかは咲のところからは見えなかった。

ゆうが戻って来たのは喜ばしいが、孝太は一体どうしたのか。

訝しみつつ、運ばれてきた蕎麦を黙々と口に運ぶ。

帰りに番屋に寄って、作太郎さんに訊ねてみようか——

折敷に金を置いて早々に立ち上がると、そっと引き戸が開いて孝太が顔を覗かせた。

「あ……お咲さん。いらっしゃいませ」

咲を見やって孝太は無邪気な笑みをこぼした。

それから店の奥にも声をかける。

「ただいま、祖父(じい)ちゃん、おつるさん」

「お帰りなさい、孝太さん」

孝太と入れ違いに咲が店の外に出ると、番屋にたどり着く前にゆうが追って来た。

「お咲さん！」

「おゆ……おつるさん」

咲が呼び直すと、ゆうはやや困った顔をして頭を下げた。

「お咲さんのことは清蔵さん——父から聞きました。それでお礼とお願いが……」

ゆうにいざなわれるまま、二人して玉池稲荷へ足を運ぶ。

「——孝太さんは知らないんですね？」

開口一番に問うた咲に、ゆうは泣き笑うように頷いた。

「あの子はまだ五つでしたから……」

ゆうが再び柳川を訪れたのは、潤之輔が騒ぎを起こした翌日だった。

「番人の作太郎さんが、もしやと思って訪ねて来てくだすったんです」

なんと、勘吉と同じく、ゆうもまさに世話になっているという。

「お咲さんに守り袋を見られて……恥ずかしくなって店の前から逃げた後、私、ここへ来たんです。お金もそんなにないし、これからどうしたらいいのか判らなくて……父や孝太のもとへ戻れるとは思っていなかったけれど、これからどこへ行くにも、一目あの子の姿を見ておきたくて……」

玉池稲荷へたどり着いたのは偶然だったが、守り袋と共に稲荷に手を合わせているとまさがやって来た。

「私、知らずに泣いてたみたいで、おまささんが案じて声をかけてくだすったんです」

名前を聞かれてとっさに「つる」だと嘘をついた。

まさはすぐに訳ありだと察したようだ。

「行く当てはあるのかと問われて、馬喰町で安宿を探すつもりだと言ったら、そんなもったいない、何も訊かないからうちに泊まれと言ってくだすって。おまささんには三人お子さんがいたそうですが、一人は川に流され、一人は死病にかかり、一人は奉公先で自死されたとか……それでこの玉池稲荷に日参し、日々、町の子供らの無事を祈っているそうです。それを聞いて、ますますおまささんには何も言えず……だって私は……」

作太郎はゆうの身の上は知らずとも、まさが曰くありげな女を置いているのは聞き及んでいて、清蔵の話と合わせて「つる」がゆうではないかと踏んだのだった。

咲を見やって、ゆうは深々と頭を下げた。

「作太郎さんから聞きました。父を助けてくだすって、ありがとうございました。潤之輔にも私を庇うようなことを言ってくだすったとか……」

「あれはあの場の勢いで……庇ったってのとはまた違うんです」

腹を立てたのは、潤之輔の振る舞いにばかりではない。

咲の言葉にゆうは唇を嚙んで頷いた。

「……私は愚かな母親です。潤之輔のような男に引っかかって我が子を捨てた、莫迦な母親――莫迦な娘です」

胸に手をやったのは、懐の守り袋を確かめるためだろう。

「許しを乞うつもりはありません。許されないことをしたのは判っていますから……ただ孝太には黙っていて欲しいんです。作太郎さんにも、そのようにお願いしています」

「……清蔵さんはなんと？」

　咲が問うと、ゆうは声を震わせた。

「こ、孝太は私を覚えていないし、母親は死んだと教えてあるから、母親を名乗ること は許さない、と。けれども、孝太にはもっと読み書きを覚えて欲しいし、そろそろ板場 のことを仕込みたいから、通いでよければ雇ってやると……」

　ゆうが通い始めてから孝太は、朝のうちは手習いに、昼からは板場に見習いとして入 っているらしい。

「作太郎さんの口利きと、お咲さんのおかげです。お咲さんが守り袋のことを父に話し てくれたから……母に免じて、他人としてなら店の敷居を跨がせてやるって、父が」

「それで『おつるさん』……」

「ええ」

「あの……お話を伺ってもいいですか？　守り袋のことも」

　好奇心も多分にあったが、清蔵はもちろん、まさにも話せぬこととなれば、己くらいは ゆうの話を聞いてもよいのではないかと咲は思った。

　懐から守り袋を取り出して、ゆうは潤んだ目を瞬かせて泣くまいとした。

「玉井屋に行くつもりなら――潤之輔に嫁ぐなら、身一つで出ていけと父に言われまし た。私も売り言葉に買い言葉で身一つで出て行くつもりでしたが、出がけに母がこれをこっそり袖に落としてくれたんです。父とは何日も喧嘩してたから、ああなることを母は予見していたんでしょう。後で見たら、中に二朱も入ってました」

嫁いで十日と待たずに潤之輔の母親――ゆうにとっての姑に頬を張られた。

物陰からでいいから、一目孝太の様子を見に行きたいと願い出たからだった。

初めは庇うようなことを言っていた潤之輔も、半年もすると豹変し、姑と一緒にゆうをいびるようになっていった。

「帰りたかったけれど、あんなことをして帰れる筈がありません」

一年、二年と経ち、子ができなかったのも災いした。

「いえ、今となっては幸いでしたが……」

次男の潤之輔には、どこか兄に張り合う気持ちがあったようだ。

玉井屋は既に長男が店を継いでいて、長男の嫁は三人の子供を孕んだが、うち二人は死産であった。ゆえに潤之輔は少なくとも二人の子供を望んでいたらしく、一向に懐妊しないゆうへの暴力は徐々にひどくなっていった。

「兄の一家が亡くなった時にも、家に帰してもらえず……いっそ離縁してくれと、何度も頼みました。でも、承知してもらえませんでした。嫁いでみて判ったことですが、潤之輔の亡妻と私は大層似ているそうです」

機嫌のいい時は亡妻のように可愛がられ、悪い時は亡妻と違うことをなじられた。

「子をなす前に流行り病で亡くなったと聞いていましたが、近所の人たちは気鬱の果てにやつれ死んだと……おそらく、気性の激しい潤之輔と姑に耐えられなかったんでしょう。このままでは私も遅かれ早かれ同じ道をたどると思い、逃げ出す決心をしました」

守り袋を見つめてゆうは続けた。

「帰って来いと、母は何度も言ってくれました。母は折々に、こっそり店の近くまで来てくれたんです。ですが私は父に——孝太にも合わせる顔がなかった。私のことなんか忘れているだろうと……覚えているなら、さぞかし憎んでいるだろうと思って……そんなことないと母は言ったけど、どうしても怖くて——それに、私のしたことは私が一番判っていましたから……」

戻らぬことが、ゆうが己に科した罰だったのだろう。

結句、おゆうさんは、お兄さん一家やおっかさんの死に目に会えず——何より、孝太はおゆうさんを覚えていない……。

潤之輔から離縁状を取るために縁切寺に走ったゆうだが、それはとりもなおさず愚かだった過去の己と決別するためでもあったと思われる。

ゆうが家を出てから八年が過ぎた。

もう充分だとも、まだまだ足りないとも感ぜられて、咲は困った。

「……東慶寺に行くことは母には言わなかったのですが、母は察していたようで、最後に会った日に少しまとまったお金を渡してくれました。潤之輔にも姑にも、玉井屋の者にも悟られぬよう、着のみ着のまま、守り袋だけを持って逃げました」

京橋から東慶寺まで十二里はある。

飛脚なら一日で駆けてしまう距離だが、旅慣れぬ女には恐ろしく長い道のりだ。

怪我をしないように。

迷子にならないように。

母の祈りを胸に、一人で駆けて行くゆうの姿が思い浮かんだ。

「道中……守ってくれたんですね」

「ええ。おかげさまで無事に行って帰って来られました」

袖口でそっと涙をぬぐって、ゆうはようやく微笑んだ。

「もう、縁切りはこりごりです。ですからどうか、孝太には内緒にしといてください」

冗談めかしてでも、それが――清蔵の言い分を受け入れて、孝太に名乗らずにいることが――ゆうがこれからも背負っていく罰なのだろう。

「判りました」

頷いたものの、一人だけ蚊帳（かや）の外の孝太が気になった。

咲は約束を守るつもりだが、この先も秘密が漏れぬ保証はない。

――今は改心してるとはいえ、おつるさんが自分を捨てた母親だと知ったら、孝太は一体どうするだろう……

が、己が案じたところで仕方ないと思い直したところへ、ゆうが再び口を開いた。

「あの、実はもう一つお願いがあるんです。お咲さんは縫箔師だそうですね？」

「はい」

「お代はきちんと払いますから、孝太の守り袋を作っていただけないでしょうか？」

「孝太さんの？」

「はい。この守り袋は見せていないのに、あの子、つい三日前に守り袋の話をしたんです。お客さんの双子の子供がお揃いの守り袋を持ってるそうで、なんだか羨ましそうでした。母に倣（なら）って、あの子が一人で手習いに行くようになったら守り袋を作ってやろうかと思っていましたが、私はその前に家を出てしまいました。七つになっても一人で外に出すのは不安だと、母が家であれこれ教えていたそうですが、兄たちが亡くなったのちは店を切り盛りするので精一杯で、孝太も幼いながらに店を手伝うようになり……結句、あの子はこれまで手習いに行ったことがなかったんです」

孝太が町の子供たちに交じって手習いに通い始めてまだ五日ほどだが、大層楽しんでいるようだ。

「手習いの子供らもみんな迷子札か守り袋を持っているようで……でも、私が手出しするのは——母親面はできません。困っていたら、父がお咲さんに頼んでみようかと言ったんです」

「清蔵さんが？」

思わず問い返してから咲はすぐに微笑んだ。

「喜んで承ります。どんな守り袋にいたしましょうか？　孝太さんの干支とか……ええと、今年十三なら丑年か。雄々しい牛なら子供子供してないし、孝太さんくらいの年頃にはいいんじゃないかしら」

勘吉の犬張子の守り袋や桝田屋に置いている鼠や兎の見本のことを話したが、ゆうは小さく首を振った。

「意匠は亀でお願いします。もう幼子でないことは判っているのですけれど、あの子には達者で長生きして欲しいから……」

「承知しました。おゆうさんのが鶴だから、亀は妙案ですね」

俚諺の「鶴は千年、亀は万年」や、縁起直しの「つるかめつるかめ」という言葉からも知れるように、鶴と亀はよく対の縁起物として扱われている。

　また、ささやかでも対の守り袋を持つことは、母親だと明かせぬゆうの励みになると思われた。

「おゆう――いえ、おつるさん。なんだったら、その守り袋も繕いましょうか？」

　咲が申し出ると、手の中の守り袋をしばし見つめて、ゆうは再び首を振った。

「お申し出はありがたいのですけれど、母が作ってくれたものですから……」

　やはり母親には敵わないのだと思うと何やら寂しい気もしたが、亡き母親を偲ぶ気持ちは咲にもある。

「忘れてください。差し出がましいことを申しました」

　小さく頭を下げると、ゆうは慌てて手を振った。

「いえ、ほんにありがとうございます。あの日、お咲さんが声をかけてくださらなかったら、こんな風に収まらなかったと思うんです。……お咲さんとご縁があって本当によかった」

「それを言うならあの双子が――いや、駄目だ。あの子らが不躾な真似をしたことに変わりはないもの。礼なんか言ったら、つけ上がっちまいます」

　やや砕けた調子で咲が言うと、ゆうも二人を思い出したのか、一瞬ののち顔をほころばせた。


十日余りが飛ぶように過ぎ――咲は柳原で孝太に出会った。

如月も十一日目。春分である。

少し早めの昼餉を済ませ、九ツを聞いて息抜きと腹ごなしを兼ねて外に出たところ、和泉橋の袂よりやや東側にしろとましろ、それから孝太の姿が見えたのだ。

「孝太さん！」

耳の不自由な孝太に咲の呼び声は聞こえなかったようだが、双子がこちらを見たのにつられて、孝太も咲を認めて手を振った。

「こんなところで何してるんだい？」

咲が問うと、しろかましろのどちらかが守り袋を差し出した。

昨日、孝太が留守の朝のうちに、ゆうに届けた亀の刺繍が入った守り袋だ。

「孝太も、守り袋を作ってもらったんだって」

「おっかさんが作ってくれたんだって」

「ち、違うよ。作ったのは、お咲さん」

孝太が慌てて言うと、双子は目を丸くして咲と孝太を交互に見やった。

「じゃあ、咲が孝太のおっかさんなの？」

「ほんとは咲がおっかさんなの？」

「もう！」と、苦笑しながら咲は言った。「莫迦を言うんじゃないよ。あんたたち、私が縫箔師だって忘れちまったのかい？　この守り袋は……清蔵さんに頼まれたのさ」

危うく「おゆうさんに」と言いそうになったのを、うまく誤魔化した。

「なぁんだ」

「なぁんだ」

「──なぁんだじゃないよ、まったく、もう」

咲が言うと、双子は顔を見合わせて「ふふふ」と笑う。

「亀はいいね」

「亀はしっかり者だもの」

「孝太もしっかり者だよ」

「うん。だから亀でいいんだよ」

小声に加えて口元のよく見えない双子の話に戸惑う孝太へ、しろとましろのどちらかが守り袋を返しながら言った。

「これがあるから、お祖父さんももう安心だね」

「おっかさんも安心だね」

にっこりと目を細めた双子から守り袋を受け取って、孝太も嬉しげに頷いた。

「あんたたち、出かけんのかい？」

「だってまだ陽は高いじゃないか」

「日暮れまでたっぷり遊ぶんだ」

ふんぞり返って応えた二人に、余計なお世話かと思いつつ咲は言った。

「そうかい。そんなら気を付けて行ってお帰りよ」

双子は一瞬顔を見合わせて、だがすぐに咲を見上げて応えた。

「はぁい」

「はぁい」

手をつないで柳原沿いを東へ歩いて行く二人を見送ると、孝太の方へ向き直る。

「守り袋、早速つけてくれたんだね」

咲が言うと、孝太は照れ臭そうにはにかんだ。

「おれ、もう十三だから、いいよって言ったんだけど……お財布の代わりにもなるからって、お——おつるさんが言って。そんならお咲さんに頼もうって、祖父ちゃんが」

「うん。私は縫箔――その、縫い物を仕事にしていてね」

「知ってます。修次さんが教えてくれました」

「そうかい」

清蔵が咲の生業を知っていたのが不思議だったが、どうやら修次が教えたらしい。

己のいないところで修次が何を言っているのか気になったが、孝太に問うても詮無いことだ。

「それで、おつるさんを通じて頼んでくれたんだね」

「はい」

「孝太さん、手習いはこの辺りなのかい？」

「あ……ううん。今日は、その、お参りに」

稲荷に続く小道を指さして孝太は言った。

「孝太さんも、あの稲荷を知ってるんだね」

「はい。昨年……これも、修次さんが教えてくれたんです」

「ふうん」

孝太をいざなって、咲は小道に足を踏み入れた。

社もそうだが、朱塗りのはげた鳥居は小さい。腰をかがめて咲が鳥居をくぐると、まだ咲より背の低い孝太もくすりとしながら後に続く。

社も鳥居同様古ぼけているのだが、社の前に左右に鎮座する小さな神狐――しろとましろ――はまだ真新しい。

たっぷり遊んでくるのはいいけど、悪さはすんじゃないよ、あんたたち――

交互に頭を撫でてから、咲は財布から一文銭を出して賽銭箱に落とした。

――みんなが達者で暮らせますように。

いつもと同じことを願って退くと、孝太もおずおずと、咲と同じように二匹の神狐の頭を撫でてから、守り袋の口を開いた。

ゆうが勧めた通り、財布代わりにもしているらしい。

一文銭を賽銭箱に入れると、孝太は神妙に目を閉じて、守り袋と共に手を合わせた。

「お願いごとかい？　叶うといいね」

目を開いた孝太へ咲が微笑むと、孝太も微笑み返して――小さく首を振った。

「願いごとじゃなくて……お礼です」

「お礼？」

「願いごとは、もう叶ったから……今日はお礼参りに来たんです。その……これ、もらったから。亀の、守り袋……」

手の中の守り袋を見やって孝太は応えた。

そういや、守り袋を欲しがってたんだっけ——

「気に入ってもらえてよかったよ。孝太さんは、亀が好きなのかい？」

何気なく問うた咲に、孝太はこくりと頷いた。

「うん。だっておれ、話すのも、覚えるのも、遅いから……で、でもね」

はっとした咲の顔を見て、孝太は急いで付け足した。

「でも、ゆっくりでもいいんだって、祖母ちゃんが——祖父ちゃんも——言ってた。亀みたいに、のんびり、どっしり、やってきゃいいんだって。それに『鶴は千年、亀は万年』っていうんでしょう？　昔……おっかさんが教えてくれたんだ」

「おっかさんが？」

孝太には守り袋を見せていないとゆうは言ったが、本当だろうかと咲は訝った。

「うん」

咲をまっすぐ見つめて孝太は言った。

「祖母ちゃんは……おっかさんのために、鶴の守り袋を作ったんだって。だから、おっかさんは、おれがもう少し大きくなったら、おれのために、亀の守り袋を作ってくれるって言ったんです」

約束……だったのか。

ゆうが意匠に亀をと望んだのは、孝太との約束を果たすためだったのだ。

「おれね……おれ、声も音もよく聞こえないけど、あの時はまだ、小さかったけど、おっかさん、ちゃんとおれを見て言ったから、聞こえたんだ。聞こえなかったけど――聞こえたんだよ。おっかさん、祖母ちゃんが作った、鶴の守り袋を見せてくれた。赤い袋に、白い鶴の……おれ、ちゃんと、覚えてる。おっかさんの顔は、なんだかぼんやりとしか思い出せないんだけど、あの守り袋は、はっきり覚えてるんだ……」

懸命に言う孝太の顔を、咲はまじまじと見つめ返した。

二十代の八年は大きい。並ならぬ暮らしを経て三十路になったゆうなれば、孝太と別れた時よりも大分面変わりしていると思われる。

でもしや、この子は気付いているのでは――？

「……お願いごとってのはなんだったんだい？」

探るように問うた咲に、躊躇いがちに――孝太も咲を探るように問い返した。

「他の人には、内緒にしてくれる？」

「もちろんさ。約束するよ」

真顔で咲が頷くと、おずおずと、声を低めて孝太は言った。

「あのね、おっかさんに、もう一度会いたい、って……」

「じゃあ、おっかさんに会えたのかい？　願いごとが叶ったってんなら――」

勢い込んだ咲に、孝太は微苦笑を浮かべて首を振った。

「おっかさんは、おれが小さい時に死んじゃったから……」

「でも」

「でも、これをもらったから、一緒なんだ」

咲を遮って孝太は言った。

「あの子たちが言ってたように、これがあれば一緒にいるのと同じなんだよ。祖父ちゃんと……おつるさんとも一緒なんだ」

やっぱり、この子は知ってるんだ……

だが、孝太の顔にゆうへの恨みつらみは見られなかった。

「……おつるさんとは、うまくいってんのかい？」

「はい」と、孝太は穏やかに頷いた。

「清蔵さんとも？」

再び頷いて、孝太は微笑んだ。

「作太郎さんに頼まれちゃあ仕方ねぇって、祖父ちゃん言ったけど……おつるさんは苦労してきた人だから、おれたちともなんとかやっていけるだろう、身寄りがいないのも、おれたちと同じだからって……祖父ちゃん、口は悪いけど、優しいとこもあるんです」

のんびり、どっしり――

人より幾分静かな世界に生きてきた孝太は、咲よりずっと「目利き」で寛容らしい。

「そうかい。そんならよかった」

「うん。……お咲さん、これ、ありがとう」

守り袋を掲げた孝太へ、咲は苦笑と共に応えた。

「お礼なら、清蔵さんとおつるさんに言うんだね」

「はい」

大きく応えた孝太の腹から、これまた大きな音がした。

よく聞こえずとも、腹が鳴ったことは判ったらしい。

恥ずかしげに腹を押さえた孝太は、まだ子供子供していて愛らしい。

「ここに来ること、清蔵さんたちは知ってんのかい？」

首を振った孝太へ、咲は微笑みながら小道を指した。

「じゃあ、早くお帰りよ。いくら守り袋があったって、帰りが遅いって、今頃きっと二人して気を揉んでるに違いないよ」

「はい。急いで帰ります」

「急ぐのはいいけど、気を付けて帰るんだよ」

「はい。気を付けて帰ります」

速足で小道を行く孝太の背中が見えなくなると、咲は改めて二匹の神狐の頭を交互に撫でた。

怪我をしないように。

迷子にならないように。

町中の子供たちのために祈りながら、咲もゆったり家路についた。

第二話　二羽の雀(すずめ)

如月(きさらぎ)も十日余りとなった昼下がり、咲(さき)は日本橋の桝田屋(ますだや)に向かった。

桜も三分咲きとなり、花見はいつにしようかと、長屋では皆、どことなく浮き立っているうららかな日和(ひより)である。

薄く雲がかかっているものの晴れ空には違いなく、鍋町(なべちょう)から元乗物町(もとのりものちょう)へと咲は大通りをゆっくり歩いた。

空合がいいからか、長屋の者同様、道行く人々の顔も明るい。振り売りや子供たちの声を聞きながら元乗物町を通り過ぎ、十軒店(じっけんだな)にさしかかると買い物客が増えてくる。店(たな)を覗(のぞ)くのは帰り道にしようと思いつつ、つい一軒、二軒と寄り道してしまい、結句、桝田屋に着いた時には八ツを過ぎていた。
にもかかわらず、「早かったのね」と桝田屋の女将(おかみ)の美弥(みや)が言ったのは、咲がいつもおよそ十日おきに品物を納めに来ているからだ。先日——如月の十日に桝田屋を訪ねてから、まだ八日しか経(た)っていない。

「このところ陽気がいいから、針が進んだんです」

春分を過ぎて、夜も冷えなくなってきたから火鉢もお役御免となった。晴れた日が増えただけで身も心も軽く感じるし、何より、ゆうや孝太(こうた)に守り袋を喜んでもらえたことが大分咲の励みになった。

「少し待っててちょうだいね」

美弥の言葉に頷(うなず)いて、咲は上がりかまちの隅に腰を下ろした。

桝田屋は日本橋のすぐ南の、万町(よろずちょう)にある小間物屋だ。間口二間(けん)の店は、美弥と手代(てだい)の志郎(しろう)の二人しかいない働き手にはやや広いが、大通りに面しておらず、安物を置いていないことから、冷やかしの客は少ない。

相手をしていた客の見送りに出て戻って来ると、美弥は咲を奥の座敷にいざなった。

「はい。桜の煙草(タバコ)入れの代金よ。お客さま、『花見が待ちきれない』って、とっても喜んでいらしたわ」

八日前に納めたのは桜の意匠(いしょう)の煙草入れ一つのみで、二分の値をつけていた。花見はこれからだから売れるだろうと見込んでいたが、実際に売れたと判(わか)るとほっとする。此(こ)度(たび)の咲の取り分は一分一朱で、主に三朱としている売値一分の商品より分が悪いが、煙草入れ一つが二分――咲の家賃の二倍――で売れるのは、いわゆる「日本橋」に店を構える桝田屋の格式と、目利きである美弥や志郎の売り込みがあってこそである。

「守り袋の注文も早速きたのだけれど、下絵をくださるそうだから、もう少し待っててちょうだい。それより今日は何を持って来てくれたの？」

「財布です」

「どれどれ、見せて」

興味津々の美弥の前で、巾着に入れてきた包みを開いた。

「まあ……」

美弥の大袈裟な驚きぶりがこそばゆい。

「すごい！　すごいわ、お咲ちゃん」

竹に雀の財布であった。

季節柄、竹は青竹にしてあるが、「竹に雀」は家紋や屏風絵にも多い絵柄で、地色が白茶だから秋冬も使えないことはない。

「竹に雀なんてありきたりですけど、一つ作ってみたくなって」

「ありきたりだから、意匠と技が物を言うのよ。ふふ、二羽とも愛らしい顔してる。雀は柔らかくて、温かそうで――竹は逆にぴしっとしてて」

左手の青竹は色を変えることで丸みを、針目を細かくすることで硬さを出した。右手に上下に向かい合って飛び交う二羽の雀は、瞳の黒に対して瞳の周りと頬の白さをはっきりさせてつぶらにした。また、頭と羽、胸と腹で針目を変えて、それぞれ滑らかさと柔らかさを持たせてある。

絵柄はありきたりでも出来には満足しているから、美弥に認めてもらえて、照れ臭くも咲は喜びを隠せない。

「よかった。お美弥さんの御眼鏡に適って」

「もう！　判っていたくせに」

巷ではしっかり者の美人女将で通っているが、咲や志郎の前ではくだけた調子が娘のごとく可憐な美弥だ。

「ふふ、そうですとも」

二人きりだから、咲も気安く微笑んだ。

「我ながら、よくできたと思ってますよ」

「ほぉら」

からかい口調で腰を上げた美弥に続いて店先に戻ると、ちょうど客が途切れたところで、志郎が出した小間物を片付けていた。

「志郎さん、ちょっとこれ見て」

美弥が早速財布を見せると、志郎の目がわずかに見開かれる。

「これも二分で売れますね」

「もちろんよ」

「これなら、男の方にも女の方にも売り込めます」

「そうなのよ。志郎さんもそう思う？」

「ええ。一年通して使えますし、こういった奇をてらわぬものの方が、案外、通には好まれます。無論、物が良くなければ話になりませんが、これは……いい出来です」

材料から技まで、商品には細部にわたってこだわりを持つ志郎である。相変わらず愛想の欠片も見られないが、そっけない言葉でも誉め言葉には違いない。

「うふふ、志郎さんにそこまで言わしめるなんて、なんだか、お店に出すのが惜しくなってきちゃったわ」

まるっきりの世辞でもなさそうな美弥の様子に、咲はますます鼻が高くなる。

「次もまた、とびきりのを持って来ますから」

「まあ、頼もしい」

にっこりしてから、美弥は窺うように咲を見た。

「……ねぇ、修次さんとは近頃どうなの？」

「どうもこうも——もう一月は顔を見てません」

「あら、そうなの。困ったわね」

「そうでもありませんよ」

即座に応えた咲に、にやにやしながら美弥は言った。

「うちは困るわ。修次さん、あれきりなのよ」

「あれきりというと、あの銀杏簪……」

先月、どういう風の吹き回しか、知り合いの喜兵衛という老爺を通じて、二羽の鶴が入った銀杏簪を桝田屋に預けた修次だった。

「そうなの。あの簪は三日と待たずに売れちゃって、でもあれ以来、修次さんの作った物がないかどうか、訊ねられることがあって困ってるの」

代金を取りに来た喜兵衛に次の品物を頼んでみたが、「あいつはどうも気まぐれで」と、なんの約束もせずに喜兵衛は帰って行ったそうである。

「はあ……」

「ねぇ、お咲さん。お咲さんから、もう一度、修次さんにお願いしてもらえないかしら？　月に一つ——ううん、二月に一つでもいいわ。うちにも修次さんの品物を預けてもらいたいのよ」

「そう言われても、お美弥さん。私が言ったって聞くような人じゃありませんよ」

「じゃあせめて、それとなくお店に連れて来てもらえないかしら？　そしたら私の方から直にお願いしてみるわ。ほら、昨年、私は会えずじまいだったから……私がお伺いしてもいいのだけれど、男の方は女が仕事場に出入りするのを嫌がるでしょう？」

　美弥に上目遣いに見つめられ、困った咲はちらりと志郎の方を見やった。

　というのも、霜月に修次が桝田屋を訪れた際、外用で留守だった美弥の代わりに志郎とは言葉を交わしているのだが、のちに修次が志郎を「用心棒」と呼んだように、そっけない志郎の物言いを受け、商談には至らずに早々に帰ったと聞いている。

　咲と目が合うと、志郎は仏頂面のままそっぽを向いた。

　志郎さんたら――

「……そういうことなら、志郎さんの方が適役かと」

「でも、志郎さんは一度つてを通じて断られていて……」

「つてじゃなくて、志郎さんが直に修次さんをお訪ねなさってはどうでしょう？」

　志郎をからかってやりたくなって、咲は言った。

「桝田屋の品揃えなら志郎さんの方が詳しいですし、小間物の蘊蓄で志郎さんに敵うお人はいませんし」

「そうは言っても、やっぱりお咲さんからの方が……あら、いらっしゃいませ」

暖簾をくぐって来た客に声をかけつつ、美弥は咲へ小さく両手を合わせた。

美弥が客と談笑し始めると、仏頂面の志郎が低い声を更に低めて言った。

「……女将さんの言う通り、私よりもお咲さんの方が適役ですので、また、何かの折にお寄りいただけるようお伝えください」

「お美弥さんを修次さんのところへお連れするという手もありますが？　修次さんなら、女だからって家の敷居を跨がせないようなことはありませんよ」

「……女将さんにご足労をかけることじゃありません。それなら私が参ります」

むすっとして言う志郎に、咲は噴き出しそうになるのを必死でこらえた。

「まあ、まずは言うだけ言ってみますよ。いつになるか判りませんが、次に修次さんにお会いすることがあれば」

「お願いいたします」

美弥に会釈を投げかけて桝田屋を後にすると、咲はくつくつと忍び笑いをこぼしながら日本橋へ足を向けた。

日本橋を渡り、引きも切らぬ越後屋の賑わいを左手に見ながら、来た道を戻る。

懐が温かくなった分、ついまたふらりと店を覗きたくなるのを我慢しつつ少し速足で歩いていると、「お咲さん！」と少し離れたところから名前を呼ばれた。

修次であった。

以前、霜月の終わりに見かけた時と同じ茶屋の縁台から、修次がにこやかに手を振っている。

――噂をすれば影じゃないの。

「よう、お咲さん」

咲が近付いて行くと、修次は徳利の載った折敷を顎でしゃくった。

「一杯、どうだい？」

「遠慮しとくよ」

「じゃあ、茶はどうだい？　なんなら団子も」

幟を見るに店の名は松葉屋というらしい。酒も置いているが茶屋に違いなく、女客の折敷には茶や団子が載っている。

「それじゃ、茶を一杯もらおうかね」

やって来た茶屋の娘に告げると、咲は折敷を挟んで修次の隣りに座った。

「ちょうどよかったよ」

「そうかい？」

「ちょうどあんたに話があったのさ」

「そうなのかい。そりゃ、よかったよかった」

酔っているようには見えなかったが、陽気に言って修次は笑った。

「喜兵衛さんから聞いてないかい？」

「何をだい？」

「桝田屋が、修次さんの品物を置きたいって話をさ」

「ああ……まったく喜兵衛の爺め」と、修次は苦笑した。

「なんだい？　ああ、まさかあの銀杏簪は、また作りかけの出来損ないだったなんて言うんじゃないだろうね？」

慌てた咲へ、修次は更に苦笑した。

「いや、ありゃ俺がきちんと仕上げた物だ。ただ、俺が桝田屋に持って行こうと置いといたのを、喜兵衛の爺が勝手に持ってったのさ。爺曰く、気を利かせたってんだが、駄賃目当てでやったことさ。金の受け取りだって、いつの間にやら済ませちまっててよ。心付けの分も駄賃を弾むことになっちまった」

「なんだ。それならよかったよ。志郎さんが銘を確かめたって聞いてたし……あの志郎さんが間違うとは思えないからね」

「あの志郎さんか……随分、頼りにしてんだな」

「そりゃそうさ。ちょいと陰気なところがあるけど、志郎さんはお美弥さんに負けない目利きで、商売を心得ていて、何より真面目な人だもの」

「ふうん……」

「あんたのことだから、買い手には困ってないんだろうけど、気が向いたら、また一つ二つ、桝田屋に置いてみておくれよ」

咲は六年前に独り立ちしたものの、着物の注文はおろか縫箔の仕事さえ初めのうちはまったくなかった。普段着や小間物を仕立てたり繕ったりしてしのぐ合間に、縫箔入りの巾着や財布を作って売り込んだのが美弥の目に留まって、桝田屋と縁ができた。

当時は縫箔よりも売り込みに費やす時間の方が長いくらいだったから、桝田屋が「得意先」となってくれたのは咲には大きな一歩だった。桝田屋に品物を置かせてもらうようになってからは、本来の――縫箔の仕事に専念できるようになり、小間物でも徐々に凝った物を作れるようになったのだ。

桝田屋に恩がある咲としては、美弥の頼みとあらば一肌脱ぎたいところだが、さりとて修次と誘い合わせて桝田屋に行くのも、美弥を修次の家に連れて行くのも何やら気恥ずかしい。

「まあ、よかったら、そのうち通りすがりに覗いてみるだけでも……ああ、もちろん今度はお美弥さんのいる時に」

「そんなら、お咲さん、今度一緒に出かけようや」

「えっ？」

「また志郎さんに睨まれちゃ敵わねぇからな。お咲さんがついてりゃ、やつも文句はねえだろう。魔除け代わりに一つ頼まぁ」

「魔除け代わりって、あんた」

呆れ声で咲が言うと、修次は猪口を手にして微笑んだ。

「魔除けじゃなきゃお守りだ。女の嫉妬も怖ぇが、男の嫉妬も侮れねぇからなぁ……」

つぶやくように言って猪口を空にする。

――俺は執着するのもされるのも性に合わねぇ――

そう豪語した修次だが、色男なれば修次が執着しなくても、されないことは難しい。

また、嫉妬が女だけのものではないことも、咲は充分承知している。

志郎に限って――と思わぬでもないが、情愛は時に人を大きく変える。

つい黙り込んでしまった咲へ、修次は殊更にっこりとした。

「お守りといやぁ、孝太の守り袋はお咲さんが作ったんだってな。こないだ孝太が見してくれたよ。鶴に亀たぁめでてぇや」

「あんた」

「ああ、案ずるな。孝太にゃなんも言ってねぇ。これでも俺ぁ、気が利くんだよ」

「……そうかい」

茶を飲み干して、咲は茶托に金を置いた。

「もう行くのかい？」

「そろそろ七ツが鳴りそうだもの」

「桝田屋行きはどうする？」

「橋渡しとしちゃ、手ぶらじゃ恥ずかしいからね。何か持ってく物ができたら教えとくれ。覗くだけなら一人で行きな」

新銀町としか咲は修次の住処を知らないが、修次は咲の長屋を一度、小太郎と共に訪ねて来たことがある。

「判ったよ」

苦笑を浮かべた修次を横目に、咲は立ち上がって茶屋を離れた。

が、すぐに修次も追って来る。

「お咲さん」

「なんだい?」

咲が振り返ったところへ、修次の向こうの横道から二つの影が飛び出して来た。

「しろ。ましろ」

咲が呼ぶと、二人は通りすがりに駆け寄って来る。

「咲と修次だ」

「修次と咲だ」

口々に言う二人を交互に眺めて修次が言った。

「ようし、今日こそは——お前がしろだろう?」

修次が指さしたのは、咲に近い方である。

「外れ」と、応えたのは修次に近い方だった。「おいらがしろさ」

「おいらはましろ」

ましろがふんと小さく鼻を鳴らして、くすりとする。

「外れた」

「また外した」

顔を見合わせてくすくす笑う双子へ、修次が拝むように手を合わせた。

「もう一回。もう一回、当てさせてくれ」

「やぁだよ」

「やぁだよ」

そっぽを向いて応えた二人へ、修次はかがんで頼み込んだ。

「当たっても外しても、信太を馳走してやるからよ」

それなら否やはねぇだろう——と言わんばかりに修次は満面の笑みを浮かべた。

信太と聞いて双子も迷いをみせたが、互いにひそひそ耳打ちしてから、二人揃ってつんとした。

「おいらたち忙しいの」

「とっても忙しいの」

「一体、どうしたってんだい？」

驚いて咲が問うと、二人は一瞬顔を見合わせたものの、すぐに再びつんとする。

「教えない」

「咲には教えない」

「修次にも教えない」

「誰にも教えない」

矢継ぎ早に交互に言うと、二人は顔を突き合わせて忍び笑いを漏らした。

「内緒」

「内緒」

くるりと咲たちに背を向け、二人は再び走り出す。

「じゃあな！」

「またな！」

「なんだありゃ……つれねぇなぁ」

呆然としながら双子の背中を見送ると、修次は咲に向き直った。

「まあいいや。お咲さん、なんなら飯を一緒にどうだい？」

もともと、夕餉を誘いに追って来たようである。

「悪いね。私も今日は先約があるんだよ」

「先約？」

嘘ではないが、男とでも、飯の約束でもない。

ますます腹が膨らんできた路を助けるために、近頃は欠かさず湯屋へ同行し、勘吉の面倒をみているのである。

だが、やや驚いた様子の修次が可笑しくて、「そうさ」と咲はにっこりとした。

「あの子たちじゃないけど、私だって忙しいんだよ」

「ちぇっ。みんなつれねぇなぁ……」

ぼやく修次に暇を告げて、咲は家路を歩き出した。

◎

「おさきさん！　おきゃくさん！」

軽快な足音と共に、高い声で呼んだのは勘吉だ。

「はいはい」

針を置いて梯子を下りると、勘吉の後ろから志郎が姿を現した。

桝田屋を訪ねてから七日が経っているが、次に品物を納めに行こうと思っていた月末まではまだ五日ある。

「おきゃくさんです」

「うん、勘吉、ありがとう」

はにかむ勘吉に身重の路がようやく追いついて、土間に顔を覗かせる。

「勘吉、さ、こっちへ」

勘吉を連れ出す路へ会釈をしてから、志郎は咲にも小さく頭を下げた。

昼の九ツまでまだ半刻ほどあろうかという刻限である。

志郎が長屋を訪れるのはこれが二度目だ。昨年の霜月に、背守りを注文したいという客を案内して来て以来である。此度も客を案内してきたのかと思いきや、どうやら一人きりらしい。

「突然お邪魔してすみません。神田まで所用があったものですから、ついでに守り袋の下絵をお持ちしました」

「ああ……わざわざありがとうございます」

志郎を上がりかまちに促すと、咲は差し出された下絵を受け取った。

「兎年生まれのお子さまだそうで、表には月と兎、裏には店の紋印と名前を入れて欲しいそうです」

楓屋という荒物屋の娘の守り袋だそうで、紋印にも楓があしらわれている。

表の兎は二匹で、大小並んだ様は親子のようだ。

「布地の色は牡丹で、兎は白……とすると、お月さんの色は少し黄味の濃い色がいいですね。とはいえ、あんまり黄色いのもなんですから、兎の周りから少しずつぼかしましょうか？」

咲が言うと、志郎は珍しく穏やかな顔をして頷いた。

「お任せします。意匠は違いますが、見本を見ての注文ですから、細かな色合いは縫箔師の裁量だと先方も承知されています」

三月二日──桃の節句の前までに、という期日も咲が快諾すると、志郎は今度は躊躇いがちに切り出した。

「……実はもう一つ注文がありまして」

「あら、嬉しい」

素直に咲は喜んだが、何やら思いつめた様子の志郎にすぐに真顔になった。

「何か変わった注文なんですか？」

「あ、いえ」

「じゃあ、けちな注文……？」

「いえ、そういう訳では……お代はきちんとお支払いします」

「じゃあ、一体どんな注文なんですか？」

歯切れの悪い志郎にやや気短に問い返したところへ、再び勘吉の声がした。

「おさきさん！　おきゃくさん！」

「これ、勘吉！」

路が止める声も聞かずに、大小二つの足音が近付いたかと思うと、引き戸から覗いた勘吉を後ろから修次が抱き上げた。

「捕まえた」

「わあ、つかまった」

勘吉は喜んだが、上がりかまちの咲と志郎を見て修次は驚き顔になった。

「お客さんとは知らずに、どうもすまねぇ」

すぐに如才ない笑顔を浮かべて修次は言った。

「蕎麦(そば)でもどうかと思って寄ってみたんだが……どうもお邪魔さん」

それだけ言うと、咲の返事も待たずに、修次はくるりと勘吉を抱っこしたまま踵(きびす)を返していった。

「しゅうじさん、もうかえっちゃうの？」

「ああ、また出直しだ」

遠ざかる声を聞きながら志郎が慌てる。

「あの、お邪魔さまなのは私の方で、お暇を」

「いいんですよ」

腰を浮かせかけた志郎を咲は引き留めた。

「出直すってことは、手ぶらで来たんでしょう」

手短に、先日、桝田屋からの帰り道で修次に会ったことを話した。

志郎の顔は覚えている筈だから、一目で退散したのは桝田屋への品物を催促されるのが嫌だったのだろう。

「ですから、あの人はうっちゃっといても平気です。それより、もう一つの注文をお聞かせくださいよ」

改めて問うた咲に、志郎は修次の去った戸口を気にしつつ応えた。

「その……竹に雀の財布を、もう一つ作っていただきたいのです」

「えっ？」

「まったく同じは困りますが、竹に雀を意匠にして、あれに負けない財布を作っていただけませんか？」

「もちろん喜んでお受けしますけど、訳を聞かせてくださいよ、志郎さん。何か事情があるんでしょう？」

「じ、事情というほどでは」

わずかだが、このように狼狽する志郎を見るのは初めてだ。

ぴんときて咲はにんまりとした。

「お美弥さんの注文ですか？」

店に出すのが惜しくなったと言った、美弥の台詞を思い出したのだ。

「はあ……しかし、私が勝手に」

「では、お美弥さんへの贈り物ですか？」

こちらの方が驚きである。

「……そうです。ですが、どうかご内密に願います」

財布は咲が納めた翌日に店に出したが、美弥がためつすがめつ眺めては称賛するので、志郎はそれならいっそ、日頃の礼を兼ねて己が買い取り、美弥に贈ろうと考えた。

「それで、お客さまには勧めずにそれとなく隠しておいたのですが、次の日、私が昼餉を食べに出たほんの少しの間に売れてしまったのです。女将さんは、私が隠していたのを見破っていたようですが、いらしたお客さまがお得意さまで、なんでも店に出した日にあの財布を目にしていたお寿さん――女将さんのお姑さんから話を聞いたそうで、初めから『竹に雀の財布が欲しい』と言われて断れなかったと」

謝る美弥へ、己が買い取ろうとしていたことは認めたが、美弥への贈り物だとは明かさなかった。

「実際、しばらく買い手がつかないようなら私が買ってもよいと思っていました。ただ、女将さんが大層がっかりした様子で……女将さんは、あの二羽の雀が殊更気に入っていたようなので、意匠は変えても、雀は似たものに仕上げてもらえないでしょうか？」

「判りました」

職人の意地をもって頷いたものの、雀を似せるとなると意匠を変えるにしても限りがでてくる。

また、先日納めた物は財布の大きさを鑑みて、雀の大きさや、竹の太さや枝ぶり、それぞれの位置など、考えに考えて決めた意匠であった。

似たような雀を入れて、あれに負けない物が作れるかどうか……

だが、美弥への贈り物なら、咲とて日頃の礼を兼ねて最上の物を作りたい。

「無理を言ってすみません」

目利きだけに、咲の葛藤を察したようだ。

神妙に頭を下げた志郎へ、ここぞとばかりに咲は問うてみた。

「志郎さん、お美弥さんとはその……ご一緒にならないの？」

「とんでもありません。女将さんは誠之助さん一筋ですから」

七年前に亡くなった美弥の夫である。

桝田屋は、もとは誠之助の両親が浅草で始めた小間物屋だ。父親を十代で亡くした誠之助が後を継ぎ、十八歳だった美弥を娶って四年目に今の日本橋は万町へと店を移した。だが、姑の寿と三人で喜んだのも束の間で、日本橋に店を持って二年と経たずに、誠之助は刃傷沙汰に巻き込まれて死してしまった。

「女将さんは今でも、誠之助さんを深く想っておられます」

「そりゃ、死に別れならいまだ心に残っているでしょう。忘れようったって忘れられるお人じゃないし、忘れなきゃいけない道理もありません。でも、亡くなった方と生きている方じゃ、想いのかけ方も違いますよ」

　誠之助が殺された時、美弥は懐妊していたのだが、誠之助の死後に流産している。心労もあってか寝込んでしまった美弥の代わりに、手伝いとして寿が連れてきたのが深川住まいの志郎だった。寿はしばらく美弥を介抱しながら志郎と二人で店を切り盛りしたが、誠之助の四十九日が過ぎ、更に数箇月して美弥がすっかり回復すると、かねてから付き合いのあったこれも深川の隠居の後妻となった。

「でももう七年じゃないですか」

「七年だろうが、十年だろうが、変わりませんよ、女将さんは」

「あのですね……」

美弥より幾分年下で、咲よりは年上の志郎は二十八、九歳と思われる。

「私がお訊ねしてるのは、お美弥さんのことじゃなくて、志郎さん、あなたのお気持ちなんですよ」

訊けば美弥もはぐらかすに決まっているが、亡夫と比べてどうかはさておき、美弥は志郎を店の者としてではなく、男として慕っている――と、咲の勘は告げている。

志郎さんに至っちゃ、お美弥さんに懸想（けそう）しているのは火を見るよりも明らかだってのに……

「こういうことは、男の人からはっきりなさった方が……女の人からは――お美弥さんからは、なかなか言い出せないことですから」

志郎が黙り込んだのもほんのしばしで、背筋を正すといつもの顔に戻って言った。

「お咲さんは誤解しておられます」

「そんなこたありませんよ」

「私は誠之助さんには遠く及びません」

「そんなこたありません」

咲が応えると、志郎はこれまたいつもの淡々とした声で畳みかける。

「お咲さんは少しばかり、世話焼きが過ぎるように思われますが」

「そんなこた――」

咲を遮るように志郎は続けた。

「私はこれからも変わらず、手代として桝田屋をもり立てて参ります。小間物の蘊蓄しかない私が、桝田屋のような店で働けるのは幸甚です。お取り立てくださったお寿さんや女将さんのご恩に報いるべく、これからも店のために尽くします」

まったく、この意気地なし——

思わず仏頂面になった咲へ、暇を告げて志郎は立ち上がった。

「では、私はこれにて。お忙しいこととは存じますが、財布の方もどうぞよろしくお願いいたします」

いつにも増して丁寧な口上と共に頭を下げると、修次と同じく、咲が口を開く前に志郎は戸口から姿を消した。

◎

次の日は長屋の皆と一日花見を楽しんだが、その後はせっせと仕事に励んだ。

作りかけだったつつじの財布と注文の守り袋を仕上げて咲が桝田屋を訪れたのは、守り袋の期日である弥生は二日目の朝のうちだ。

志郎は出かけているらしく、美弥が二人の客の相手を交互にしていた。

咲は会釈のみ交わし、いつもと同じく、上がりかまちの隅で待った。

志郎に頼まれた竹に雀の財布は意匠が決まらず、いまだ手付かずのままである。まだ催促されてもいないのに、志郎が留守で咲は何やらほっとした。

二人の客のうち、一人は料亭か旅籠の女将を思わせる三十代半ばの雅やかな女で、白粉と紅を買いに来たようだ。もう一人は根付が目当ての若い娘で、どうやら好いた男への贈り物のようである。

「ついでにちょっと、簪も見せて」

女将と思しき女に頼まれ美弥が新たな引き出しを二つ並べると、「あら」と、女がすぐに目を見張った。

美弥が女のために取り上げたのは銀の簪だ。

「桐の花ね。見事な細工だわ」

根付を見ていた若い女も興味を示して、美弥が手にした簪を横から覗く。

「こちらは……おいくらですか？」

おずおずと若い女が問うたのへ、美弥が商売用の笑顔で応えた。

「一分でございます」

「一分……」

もしや、修次さんの――？

値段を聞いて、咲はほんの少し身を乗り出したが、咲のところからは細工までは見えなかった。

「百合(ゆり)か朝顔だったら……」

若い娘がつぶやくと、隣りで女が苦笑した。

「私は鼈甲(べっこう)か珊瑚(さんご)だったらよかったわ。鼈甲だったら二分でも買ったのに」

目当ての品物だけ買い求めて女たちが帰ると、美弥は咲の傍(そば)に腰を下ろした。

「お待たせしちゃったわね」

「志郎さんは外用ですか？」

「お義母(かあ)さんがご用事があったみたい。昨晩長屋を訪ねていらしたそうなんだけど、志郎さんの帰りが遅かったから、言伝(ことづて)を残してお帰りになったみたいなの」

志郎は朝一番で店に顔を出して美弥にそのことを告げると、寿の用事を先に済ませるべく深川まで折り返し帰って行ったそうである。

「昨日は、その……店仕舞いの前になって修次さんがふらりといらして、店仕舞いは志郎さんにすっかりお任せしてしまって……」

「やはり、さっきの簪は修次さんが？」

咲が問うと、美弥は手にしていた布を開いて咲の前に差し出した。

先ほど話に上っていた銀の簪である。

平打だがやや大きい錺は縁のない楕円状で、葉の上に鈴なりの桐の花が彫り抜かれている。

紋印の桐とはまったく違う、銀一色なのに、うつむいて咲く花の藤紫色や重なる葉の青々しさが見えるようなありのままの意匠であった。

「ほら、裏もしっかり」

美弥が裏返すと、裏の細工も表同様、薄くもふっくらとしていて一見では裏と判じがたい。足に入った銘は見覚えのある修次のものである。

「お咲ちゃんが言ってくれたんですってね。修次さんが教えてくれたわ」

「ええ……こないだ、帰り道でばったり会ったんですよ。噂をすれば影とはよくいったものです」

「修次さんたら、お咲ちゃんから手ぶらで行くなと念押しされたからって、打ったばかりだっていうこれを持って来てくれたのよ」

「さいですか……」

――そんなら、お咲さん、今度一緒に出かけようや――

修次の言葉が思い出されて、咲はどうも面白くない。が、それは同時に己が修次に「期待」を寄せていた証であるから、咲は内心己に腹が立った。

「お咲ちゃんのおかげだわ」

そう言って美弥は微笑んだが、どことなくいつもの明るさに欠けている。

「この簪……とてもよく出来てるけれど、さっきのお客さんの言い分も判ります」

細工は申し分ないのだが、桐は百合や朝顔ほど若い女には好まれないし、似つかわしくない。かといって、桐が似合うやや歳のいった女将のような女には、銀の平打は華やかさに欠け、鼈甲か珊瑚の方が好まれる。

咲がそう言うと、美弥も頷く。

「そうなのよ。でも修次さんは錺師だから、銀細工が本領よ。お咲ちゃんだって、絵心があるからって屛風絵を描いたりはしないでしょう」

「ええ、まあ」

「この簪は人を選ぶから売れにくいかもしれないけれど、だからこそ、修次さんの作とは言わずにいようと思うの。見る目があって、なおかつこれにふさわしい人の手に渡るといいのだけれど」

愛おしげに簪を包み直した美弥に、微かに嫉妬めいた気持ちを覚えて咲は困った。

また、同じ「女将」でも、先ほどの女将より幾分若く、落ち着いた身なりの美弥になら、この桐の簪が似合いそうである。

思わず目を落としたが、ほんの一瞬で、美弥に気付かれなかったことに安堵する。

「はい、これ」

美弥が差し出した竹に雀の財布の代金を受け取るも、どうやら此度は心付けはなかったらしい。しかし、どことなく残念そうな美弥の顔が――それだけ美弥が、財布に惚れ込んでいたことが――咲に落ち着きを取り戻させた。

「志郎さんから聞いたと思うけど、二日のうちに売れたのよ」

「ありがたいことです」

つつじの財布と守り袋を出すと、美弥はいつも通り称賛の言葉を口にしたが、先日ほどではない。

これは心して意匠を考えないと……

注文は下絵をもらうことが多いが、桝田屋に卸す品物は大概己で自由にしてきた。

親方の弥四郎のもとでは、決められた意匠に与えられた布に糸、言われた針目で縫っていただけだったから、小間物とはいえ、すべてを己の好き勝手にできることには咲は満足している。

けれどもそれも良し悪しだね――

意匠が決まらない苦悩に内心くすりとした咲へ、美弥が小声で切り出した。

「お咲ちゃん、この守り袋の注文なんだけど……」

「はい」

何か不手際があったかと咲は居住まいを正した。

「その……志郎さん、何か言ってなかったかしら？」

「色合いは任せると言われましたが。意匠は下絵通りに、地色は牡丹、兎は白で、細かな色合いは私の裁量でよいと……」

「それならいいの。守り袋は上出来よ。お客さまもお子さまも喜んでくださるわ」

「あの、他に何か――」

問い返そうとして思いとどまる。

もしやお美弥さんは、薄々、志郎さんの目論見に気付いてるんじゃあ……？

「その……修次さんのこととか」

「修次さんですか？」

財布のことならどう誤魔化そうかと束の間あたふたした咲は、修次の名が出たことに意表を突かれた。

「修次さんなら……そう言えば、長屋で顔を合わせましたけど」

志郎が訪ねて来た際に、修次が昼餉を誘いに顔を出したことを話した。

「それだけだったの？」

「ええ、それだけです。仕事の話を邪魔しちゃ悪いと思ったんでしょう」

「そう……」

いつになく歯切れの悪い美弥である。

昨日修次が訪ねて来た折に、志郎と一悶着あったのだろうかと咲は勘繰った。

問い詰めたいのは山々だったが、美弥が財布の注文に気付いていないのなら、余計な詮索は藪蛇になりそうだ。

「修次さんはよく長屋に訪ねて来るの？」

「とんでもない。喜兵衛さんが言った通り、気まぐれなんですよ、あの人は」

「あの人なんて……」と、美弥は微笑んだが、やはりどこか力ない。「たとえ気まぐれだとしても、聞いた話よりずっと情に細やかな人に思えたわ。この簪といい、細工にはやっぱり人が出るのよ」

美弥に限って心変わりはあるまい、修次の評は小間物屋の女将としてのものだと判っていても、どこかまた心穏やかでいられなくなった己を咲は持て余した。

咲が言葉に迷っていると、暖簾をくぐって二人連れの客がやって来た。

「いらっしゃいませ」と、美弥がすかさず声をかけるのへ、咲はこれ幸いと美弥より先に腰を上げた。

「それじゃあ、私はこれで……」

もごもごと暇を告げて、咲は逃げるように桝田屋を後にした。

◎

なんだか冴えないね——

日本橋の真ん中まで来て、咲は欄干にもたれてお城を眺めた。

あんな——修次のような男の口車には乗るまいと思ってきたのに、調子のいいことを言われて、己はいつの間にやらその気になっていたのかと、情けないやら、哀れやらだ。

啓吾と破談になってから、浮いた話がまったくなかった訳ではない。

破談ののちに住み込みから通いの弟子となり、今の長屋に越すまでの五年間で咲は二人の男に肌身を許したが、二人とも咲の方から袖にしていた。一人目はまだ啓吾に未練を残していたため、二人目は啓吾と同じような——妻が職人であることを望まぬ男だったからだ。

職人として生きていく決意を新たにして、咲は九尺二間から二階建ての藤次郎長屋に引っ越した。初めのうちは長屋のおかみ連中――特にしま――がいくつも縁談を持ってきたものだったが、半年もすると落ち着いた。

独り身を侘しく思う時も、人恋しい時もなくはない。だが、これぞと思う意匠を思い描き、一針一針己の手で「物」にしていく時が今の咲には至福であった。

女遊びに長けている修次なれば、咲が望めば一夜二夜は慰めてくれそうである。だが夫婦となった姿は想像し難く、寂しさゆえに身をゆだねるのは愚かしい。

一度でも肌身を許せば、己は修次にとって「職人」から「女」に成り下がるのではなかろうか。となれば、「男」としてよりも「職人」として修次を認めている咲には、今の「職人同士」がちょうどよい。

恋情があるならまだしも……

焦がれるほどの想いはないというのに、美弥にまで嫉妬めいた想いを抱いた己が恥ずかしかった。

「はあぁぁぁ」

「ふうううう」

両脇からわざとらしい溜息が聞こえて、咲は思わず左右を見やった。

いつの間に現れたのか、欄干に手をかけたしろとましろが、咲を見上げてにんまりとする。

「何してるのさ、咲？」

「こんなところで何してるのさ？」

「あ、あんたたちこそ、こんなところで何してるんだい？」

「真似っこ」

「咲の真似っこ」

「嘘をお言い」

私は溜息なんかついちゃいない――

咲は頬を膨らませたが、にやにやする双子を見て「ふぅっ」と一つ息を吐き出した。

「まったくもう、あんたたちには敵わないね」

苦笑しながら咲が言うと、しろとましろは咲を挟んで嬉しそうに互いを見やった。

「あんたたち、今日は日本橋にお出かけかい？」

「ううん。おいらたち、お稲荷さんを買いに行くんだ」

「とびきり美味しいお稲荷さんがあるんだ」

「ふうん……でもあんたたち、お金を持ってないんだろう？」

咲の問いに、双子は自慢げに腰の守り袋に触れて言った。

「持ってるよーだ」

「よーだ」

「そうなのかい」

守り袋を作ってくれたくらいだから、母親が小遣いも用意してくれたのだろうと勝手に合点したものの、少しばかり不安でもある。

まさか、木の葉で化かそうってんじゃないだろうね……？

昼餉にはまだ少し早いが、油揚げが好物のしろとましろだ。この二人が推す稲荷寿司なら、それこそとびきり旨いに違いない。

「そんなに美味しいお稲荷さんなら、私も一緒に行っていいかい？」

咲が訊くと、双子は少し咲から離れ、額を突き合わせてひそひそと話し合った。

指を折りつつ、真剣な面持ちでしばしやり取りしてから、再び近寄って来て言った。

「あのね」

「じゃあね」

「おいらたちは三つずつ」

「咲は二つ」

「うん？」

「だって八つしか買えないんだ」

「だから咲は二つ」

「八つしか買えない……？」

しろとましろが揃って頷くのへ、よく呑み込めないまま「そうなのかい」と咲はひとまず頷き返した。

手をつないで歩き出した二人の後ろについて、日本橋を再び南へ渡る。

桝田屋のある通りより一本北の通りを東へ折れて、海賊橋へと双子は向かう。

海賊橋を渡ると南茅場町から霊巌橋、南新堀町を二人はずんずん歩いて行く。

「ちょっとあんたたち、一体どこまで行くつもりなんだい？」

「お稲荷さんとこ」

「美味しいお稲荷さん」

振り向いた二人がきょとんとして応える。

仕方なく続けて後をついて行くと、二人は豊海橋から永代橋へと足をかけた。

永代橋の向こうは深川だ。

深川へ行くのは久方ぶり——霜月に幸久という料亭に呼ばれて以来——である。

大川にかかる永代橋は日本橋よりずっと長く、橋の上は穏やかな風と微かな潮の匂いが清々しい。

大川を眺めながら行くうちに、つまらぬ嫉妬は霧散して、晴れ晴れとした胸と共に咲は橋の向こうの地を踏んだ。

袂から二人は南へ曲がり、相川町から富吉町へと東へ進む。更に四半里余り歩いてたどり着いた店は屋台で、富岡八幡宮の鳥居を少し通り過ぎたところにあった。

咲より一足早く屋台に駆け寄ったしろとましろが、守り袋から金を出して屋台の男に差し出した。

「お稲荷さん、八つください」

「合わせて八つください」

「あいよ」

にっこりとして応えた男は、次の瞬間困った顔をして言った。

「あのなぁ……お稲荷さんは一つ四文。これじゃあ二つしか買えねぇよ」

追いついた咲が二人の手を見ると、それぞれに一文銭が四枚ずつ載っている。

双子は顔を見合わせて、互いの手のひらの金を数えた。

「八枚あるよ」

「だから八つ」

屋台から少し離れたところへ二人を連れて行き、咲は腰をかがめて言った。

「あんたたち、ちょっとおいで」

「あんたたちが持ってるのは一文銭。一、二、三、四……四枚で四文なんだよ。お稲荷さんは一つ四文だから、これだと一つずつしか買えないんだよ」

「一つずつ……」

双子は揃って眉尻を下げたが、咲は胸を熱くして微笑んだ。

八つしか買えないと言ったのは銭が八枚しかないからで、二人は咲に馳走する気でいたのだ。

財布を取り出して中を見ると、一文銭が六枚、四文銭が四枚あった。一文銭を二枚残し、二十文を取り出して二人の手のひらに並べてやる。

「ほら、これで合わせて七つ買えるよ」

「七つ……」

銭を数えながら二人はひそひそ互いに耳打ちすると、咲に言った。

「おいらたちは一つずつ」

小さく噴き出して咲は二人の頭を撫でた。

「私は二つでいいから、残りはあんたたちで半分こしな」

「半分こ……」

再びひそひそ内緒話をしてから、二人は屋台に近寄った。

「お稲荷さん、七つください」

「合わせて七つください」

「あいよ」

二枚の竹の皮に三つと四つに分けて男は稲荷を載せた。

咲のもとに戻って来ると、しろとましろのどちらかが三つ載った竹皮を差し出した。

「咲のお稲荷さん」

「私は二つでいいって言ったろう」

一つつまんで、四つ載っている竹皮に載せてやると、双子は目を細めて喜んだ。

「おいらたち、咲が好き」

「大好き」

「もう……調子のいいこと言って」

「咲は五つ」

咲が苦笑を漏らすと、二人は照れた笑いを浮かべて付け足した。

「けれども、一番はしろだからね」

「おいらの一番は、ましろだからね」

顔を見合わせてにっこりしてから、しろとましろは咲を先導するごとく通りを少し戻り、富岡八幡宮の鳥居をくぐって境内（けいだい）の隅に腰を下ろした。

「うふふふふ」

「ふふふふふ」

忍び笑いを漏らしながら双子が一つずつ稲荷を手にして齧（かじ）るのを見て、咲も一つつまんで口にする。

やや濃いめに煮付けた油揚げは柔らかく、煮汁がよく染み込んでいる。胡麻（ごま）と細かく刻んだ生姜（しょうが）の酢漬けが混じった飯は少なめで、齧ると油揚げから染み出す煮汁とほどよく絡む。

「ん！　こりゃ旨いね」

咲が思わず目を見張ると、しろとましろも食べかけを片手に再び咲を真似る。

「うん、旨い！」

「こりゃ、旨い！」

二つずつ食べてしまうと、最後の一つをましろがしろに差し出した。

「半分こ」

「半分こ」

笑いながら言い合うと、しろがましろの手から稲荷を半分齧る。

残った半分をましろが口に放り込むと、互いを見ながら満足そうに口を動かした。

あっという間に食べ終えて、二人と共に咲は手水舎で手を洗った。

濡れた手を拭くのに咲が懐から手ぬぐいを出すと、二人もそれぞれ懐から納戸色にさざれ波が染め抜かれた手ぬぐいを取り出した。

一枚は師走に、修次が神狐の汚れを拭ってやった手ぬぐいだ。足元に置き忘れたと思ったこの手ぬぐいをましろが持っていたことが、咲たちが二人が神狐の化身だと信じるきっかけとなった。ましろが首に巻いていたこの手ぬぐいは、一度は二人を見分ける目印となったのだが、のちに咲がしろにも同じ物を買い与えたために目印としてはもう使えない。

暖かくなったからか、今は二人とも首に巻いていないようだが、双子を見分けようとなんだか躍起になっている修次が思い出されて、咲はついくすりとした。

「なんだよぅ？」

「なんなんだよぅ？」

小さな手を揃いの手ぬぐいで拭きながら、咲を見上げる二人が愛らしい。

先ほどは二人が互いの名前を口にしたから見分けがついていたものの、手水舎まで歩くうちに再び判別がつかなくなっている。

「なんでもないよ」

くすくすしながら咲が応えたところへ、聞き覚えのある声が耳に届いた。

◎

志郎さん――？

それとなく辺りを窺うと、本殿に近い木陰で志郎が女と何やら押しつ戻しつしているのが見える。

あの志郎がすわ痴情のもつれかと、咲は人差し指を口にやり、しろとましろへ黙っているよう促した。それからそぅっと、うつむき加減に本殿に忍び寄って、二人の声に耳を澄ませる。

「このようなお気遣いは無用です」

「でも、こうでもしないと、なんにも進まないじゃあないの」

「私は今のままでよいのです」

若々しい声ではあるが、よく見ると女は大分年上だ。

「いいから、これを渡してみなさいな。きっと喜んでくれるから。でもって、ちょっとお茶かお酒にでも誘ってみなさい。ね？」

「手代の分際でそんな真似はできません」

「まぁた、それ。二人きりの店じゃあないの。店主と奉公人の恋なんて、何も珍しいことはないわ。黄表紙にもよくある話で――」

「黄表紙は所詮、絵空事です」

「でも、お美弥さんとあなたは」

「ご用はお済のようですから、お暇いたします。昼からはお客さんも増えますし、女将さん一人では大変です。早く店に戻らねばなりません」

「あ、ちょっと、志郎さん……」

一礼すると、志郎は女が呼ぶのも聞かずに、猛然と鳥居を目指して歩いて行った。

「まったく、もう！」

舌打ちせんばかりにこぼした女がこちらを見た。

目元口元の小皺から五十路前後と判じたものの、変わり格子が織り込まれた縹色の小紋に、白と柑子色の縞の帯がよく似合う、きりっとした面立ちの女である。

気まずそうに苦笑を浮かべた女に咲は問うた。

「あの……もしや、お寿さんではありませんか？」

「まあ！　どうして――あなたは一体どちらさまで？」

目を見張った寿に、咲も苦笑しながら会釈する。

「私は縫箔師の咲と申します。桝田屋にはお世話になっていまして――」

「まああ、あなたが縫箔師のお咲さん！」

血のつながりはないのだが、寿が手を叩いて喜ぶ様はどこか美弥に似ている。

「お噂はかねがねうかがってるわ。ねぇ、お一人ならちょっといいかしら？」

手水舎にも、ぐるりと見回した境内にも、しろとましろの姿は既にない。

「志郎さんなら、とっくに行っちゃったわ」

「はあ、その、では少し……」

曖昧に頷いた咲を、寿は近くの茶屋に誘った。

「お茶とお団子でいいかしら、お咲さん？」

「ええ」

流石、長年客商売に携わっていただけある。ちゃきちゃきと注文を済ませてしまうと、咲を見て愛嬌（あいきょう）たっぷりの笑顔を浮かべた。

「財布をね、手に入れたんですよ、あなたの」

「それはありがとう存じます」

「ほら、これ。このお財布よ」

先ほど志郎と押しつ戻しつしていた包みを寿が開くと、竹に雀の財布が現れる。

「これは、先日私が」

「そうなんですってね。すごくいい出来だからって、お美弥さんが見せてくれたのよ」

咲が財布を納めた次の日に桝田屋を訪れた寿は、美弥が気に入っているのを見てとって、桝田屋の得意客である友人に頼み込み、翌日財布を買いに行ってもらった。

「志郎さんは九ツ前――四ツ半頃に、店のすぐ近くのお蕎麦屋さんにお昼を食べに行くのよ。だから志郎さんが店を出るのを見計らって、買いに行くように頼んだの」

美弥は外用がない限りずっと店にいるため、このささやかな企てについて、寿はのちほどゆっくり志郎に話すつもりであった。

「なのに志郎さんたら……」

不満げに茶を含んでから、寿は声を低めた。

「志郎さん、お美弥さんに懸想してるのよ」

「知ってます」

「お美弥さんも、志郎さんを憎からず想ってるのよ」

「それも知ってます」

「それなのに、二人ともいつまでも遠慮し合って——まったく、じれったいったらありゃしないわ」

「よく判ります」

咲が相槌を打つと、寿は目を輝かせた。

「まあ、お咲さん、嬉しいわ」

「私もですよ、お寿さん」

小間物屋の女将だけに、着物や帯、簪、笄は山ほど持っている美弥である。

「でもあんまり外に出ないから、巾着やお財布はそうでもないの。だから、このお財布は贈り物にぴったりだと思ったのよ。本当はお花見の前に仕込みたかったんだけど、うちの人が寄り合いのお花見で腰を痛めちゃって、しばらくそれどころじゃなくってね。やっとこ、今日会えたと思ったらあの始末よ」

ここらで一つ美弥をくどいてみよ、贈り物があればことを運びやすかろう、と持ちかけた寿へ、志郎は一も二もなく首を振った。

「志郎さんたら、中身も見ずに行っちゃうんだもの。でもねぇ、お咲さん、誠之助が逝ってもう七年が過ぎたわ。誠之助に義理立てすることなんかないのよ、二人とも」

溜息をつく寿に、咲はここぞとばかりに訊いてみた。

「あの、志郎さんはお寿さんが連れていらしたそうですが、一体どういったお知り合いで……？」

「あら、お咲さん、ご存じなかったの？」

「はあ」

寿は黙り込んだがほんのしばしで、すぐに咲を覗き込むようにして再び声を低めた。

「お咲さんを見込んで話すわ。でも聞いたが最後、私の味方になってもらうから。あの二人をなんとしてでもくっつけるのよ」

「望むところです」

即座に頷くと、寿は満足そうににっこりとした。

「志郎さんはお母さんを早くに亡くして、お父さんとお兄さんと道具屋を営んでたんだけど、十になる前に二人とも疫病で亡くなってしまったの」

おそらく咲の父親と同じ――安永(あんえい)二年の疫病で死したと思われる。

「それでお店は親類が畳んでしまって、志郎さんは別の道具屋に奉公に出たの。あの日は届け物の客先で嫌なことがあってむしゃくしゃしていたから、一杯飲んでから帰ろうと思ったんですって」

「あの日、というと……」

「誠之助が殺された日よ」

よどみなく応えた寿だが、微かに眉根を寄せた。

「一人でちびりちびりやってたら、浮かれた誠之助がやって来て……あの日、私と誠之助は、お美弥さんのおめでたをうちの人に知らせるために、深川に来ていたのよ」

早めに店を閉め、悪阻（つわり）で本調子でない美弥を店に置いて、のちに寿の夫となった傳七郎（でんしちろう）を訪れた。寿を後妻にと望んでいた傳七郎は血はつながらずとも「孫ができる」と大喜びで、誠之助をしばし引き留めた。

「私は知らせるだけ知らせて長居せずに帰ったんだけど、うちの人がちょっと誠之助と話がしたいって……その、父親になる心得だの、自分が誠之助の父親となる――私を後妻に迎えることなんかをね」

傳七郎と少し酒を酌み交わした後、永代橋の手前で誠之助はもう一杯だけ飲んで帰ろうと思ったようである。

縁台で相席した志郎に、誠之助は陽気に妻が懐妊したことや、母の後妻話が進んだことを話した。やがて誠之助は志郎の骨董や古道具の、志郎は誠之助の小間物の知識にそれぞれ興を覚えて話は弾んでいった。

どちらからともなくもう一本酒を頼んだところへ、駆け込んで来た男が匕首(あいくち)を抜いた。

「誠之助たちの隣りの縁台にいた男を狙(ねら)って来たんですって。なんでも、娘さんを騙(だま)くらかして出会い茶屋に連れ込んだとか」

男を止めつつ、誠之助は「番人を呼んで来てくれ」と志郎を外へ追いやった。

志郎はすぐさま番屋へ走ったが、番人と共に戻った時には店は血の海となっていた。

「誠之助はまだ生きていたけど、血が止まらなくて、志郎さんが戻ってすぐに息を引き取ったそうなの。最期にお美弥さんの名前を呼んで……」

匕首を手にしたまま呆然と佇(たたず)んでいた男は番人が取り押さえたが、狙った男と誠之助と、二人を殺したことでのちに死罪となった。

——償(つぐな)わせて欲しい——

そう志郎が申し出てきたのは、誠之助の野辺送りを済ませた数日後だ。

「志郎さんはね、あの時番屋に走らずに、誠之助と一緒に立ち向かっていたら、二人で男をなんとかできたんじゃないかって悔いてるの」

――私は腕に覚えがなく、抜き身を目の当たりにしてつい怯(ひる)んでしまい、番屋に走ることであの場を逃げ出したのです――

「でも逃げたのは志郎さんだけじゃないわ。殺された男の連れや他の客は真っ先に逃げ出したし、居酒屋の主(あるじ)だって『火の気がなきゃ逃げてた』って言ったもの。それに、誠之助が志郎さんへ番屋に行くように言ったのは、店主も聞いていたから本当よ。こんなのは言い出したらきりがないって、私、志郎さんに言ったのよ。だってねぇ……あの日、深川に行こうって言ったのは私だもの。誠之助は悪阻のさなかのお美弥さんを一人置いていくのは気が進まないって言ったんだけど、私は悪阻が治まるまで一月も二月も待てなくて、一言知らせるだけでいいからって誠之助を引っ張り出したの。うちの人だって悔いてるわ。誠之助を引き留めて、お酒を飲ませたこと……私と一緒に帰していたら、寄り道なんかしなかったろうって」

偶然にも傳七郎と志郎は知己だった。傳七郎はかつて、志郎の父親が営んでいた道具屋の得意客だったのだ。志郎が道具屋に奉公するようになっても志郎のことを気にかけていて、志郎が古道具のみならず骨董についても知識を深めているのを知っていた。ゆえに、折々に志郎から古道具を買い、既に通い奉公になっていた志郎がいずれ道具屋として独り立ちできるよう、相談に乗っていたという。

「一度は断ったんだけど、お美弥さんがあの後すぐに流産しちゃって……無理をさせたくなかったけど、私一人じゃお店を回していくのは難しくてねぇ。それでうちの人と話して、口入れ屋に頼んで知らない人を入れるよりも、気心の知れた志郎さんに頼んでみようってことになったの」

「それで志郎さんが……」

話を聞いた志郎は三日と待たずに道具屋を辞め、桝田屋で働き始めた。

幼い頃から値打ちのある骨董を目にしていたし、奉公先の道具屋でも目利きとして売り買いに携わっていた志郎である。寿や傳七郎の助けを借りて、朝に夕に小間物について学んで、みるみる寿や美弥に負けぬ蘊蓄を深くしていった。

「志郎さんったら、莫迦がつくんじゃないかと思うくらい生真面目なんだもの」と、寿は笑った。「半年ほどして、これならお店を任せても平気と見極めて、私が店を出ることにしたの。お美弥さんもそうした方がいいって勧めてくれた。心無い人たちは、お美弥さんが新しい男と姑を追い出した——なんて噂したけど、もともと子供が生まれて落ち着いたら、私は後妻に入るつもりだったから、お美弥さんはただ、私やうちの人を気遣ってくれたのよ。それに志郎さんとなら、いずれそうなってもいいんじゃないかって私は思ってたわ。お美弥さんはまだ若かったし、昔の私と違って子供もいないのだからまた誰かと一緒になればいいって……でもまさか、七年経っても女将と手代のままなんて！」

頬を膨らませる寿が愛らしくて、咲は思わず噴き出した。

「笑いごとじゃありませんよ、お咲さん。そりゃあね、誠之助は我が息子ながら、なかなかの男振りでしたから、容易く忘れられちゃ母親としては面白くありません。お美弥さんだって早々に誠之助を忘れて、次の人に心を移すような人でもありません。でもね、でもですよ、お咲さん。いつの頃からか、お美弥さんは志郎さんを慕うようになってったんです。私には判りますよ。長年一緒に暮らした仲なんですから。志郎さんは言わずもがなです。あの人は店にきて、初めてお美弥さんを目の当たりにした時から、ずっと困っていましたからね。これも私はすぐに気付きました。志郎さんは必死に隠してたけど、亀の甲より年の功。私も伊達に歳食ってきたんじゃないのよ」

「そりゃ志郎さん、困ったでしょうね……」

誠之助の死に自責の念を抱いて償うためにやってきたのに、後家に惚れてしまったのでは、誠之助にも美弥にも――寿や傳七郎にだって申し訳が立たない。

そう、志郎なら苦悩したことだろう。

「お美弥さんもですよ。他の男と一緒になっちゃ誠之助や私に悪い、大年増の姐さん女房じゃ志郎さんに悪い、って困ってばかりなんです。なんも困ることなんかないと、私はもう何度も、どっちにも諭してきましたが、どっちも私の言うことなんか聞きゃしない――信じちゃくれないんだから」

「私は信じますよ、お寿さん。あの二人は相思で間違いありません」

だが美弥や志郎は、寿を疑っているのではない。

七年もかけてゆっくり育んできた縁なれば、大きな一歩を踏み出すのが怖いのだ。

「まああ、お咲さん……」

咲の手を取って、寿は喜びの声を上げた。

「じゃあ、これから私を助けてくれるわね？　あなたがいれば百人力だわ」

「大袈裟ですよ」

「そんなこたありません。うちの人ったら、二人のことは放っておけって……男と女はいずれ落ち着くところへ落ち着くからと言うのだけれど、『いずれ』なんか待ってたら、あの二人はもうあと七年は棒に振るに決まってます」

「ごもっともです」

「まずはお咲さん、このお財布よ。このお財布はあなたに託すから、お咲さんから、志郎さんにうまく言ってちょうだいな」

寿の期待のこもった目に見つめられて、咲は財布の包みを受け取った。
「あの……まあ、やってみます」
「ありがとう！　頼りにしているわ、お咲さん。——そうそう、これもよかったら持っ
てって」
寿が差し出したのは風呂敷に包んだ箱で、中身は稲荷寿司だという。
「鳥居の先の屋台がここらじゃ評判なの。お美弥さんも志郎さんも、そこの稲荷が好物
なのよ。お昼に持たせてあげようと思ったのに、志郎さんたらほんとに、もう」
これもあの子らの——稲荷大明神さまのお導きか。
苦笑しながら咲が礼を言うと、寿は嬉しげに団子に手を伸ばした。
団子を頬張りつつ、寿とひととき話に花を咲かせて、咲はゆったり家路についた。

◎

寿にもらった稲荷寿司は、長屋の皆とおやつに分けた。
「おいしいね。このおいなりさん、とってもおいしいね！」
勘吉がしろとましろのように喜んだばかりか、足袋職人の由蔵も大層気に入ったよう
で、早速近々、富岡八幡宮参りを兼ねて深川に出かけて行くと言い出した。

　さてさて……

　家に戻って、咲は改めて竹に雀の財布を見つめた。

「内密に」と言われていたため、咲は寿に、志郎から財布の注文を受けたことを明かさなかった。

　下絵は手元に残してあったが、こうして実物を今一度目の当たりにしてみると、やはりよい出来である。似たような雀を使ってこれ以上の物が作れたかどうか、今となっては怪しいところだ。

　寿には八日後、弥生は十日に志郎と話してみると言ってある。

　桝田屋にはいつも通り朝のうちに品物を納めてしまい、のちに昼餉に出る志郎を表で捕まえ、財布を渡してしまえばよい。いきさつはどうあれ、もとの——美弥が初めから気に入っていた財布が戻ってきたのだから、志郎もこれを贈ることに否やはあるまい。

　新たな実入りにならぬのは惜しいものの、いまや二羽の雀が美弥と志郎に見えてきて、咲は一人で悦に入った。

　——翌朝。

　財布を作らなくてよくなった代わりに、次に桝田屋に納める品物をあれこれ考えていると、表から勘吉の弾んだ声が届いた。

「おさきさん、おきゃくさんです！」

「はいはい」

梯子を下りつつ、もしや志郎ではないかと思ったが、勘吉の後ろから顔を覗かせたのは美弥だった。

「お美弥さん……」

「早くからごめんなさいね」

勘吉に案内の礼を言うと、美弥は躊躇いがちに切り出した。

「一つ、お咲ちゃんに注文があって……」

「何か困った注文なんですか？」

美弥が直々にやって来るくらいだ。よほど急ぎか、難しい注文なのではないかと咲は居住まいを正して美弥を見つめた。

「あ、ううん、そんなことはないのだけれど……ああ、でも、お咲ちゃんは困っちゃうかしら」

「なんなんです、一体？」

どことなく先日の志郎とのやり取りを思い出しながら咲が急かすと、美弥はそれこそ困った顔をして窺うように咲を見た。

「あのね、もう一つ、竹に雀の財布を作って欲しいの。お代は二分、そっくり払うわ」

「えっ？」

「でもね、この間のとまったく同じだと買ってくださったお客さまに悪いから、少し違う――でも前のに劣らぬ物を作って欲しいのよ」

「はあ……」

　志郎から同様の注文を受けたのは、ほんの八日前のことである。

だが、呆気にとられたのも束の間で、咲はすぐさま問い返した。

「お代をそっくり払うって……此度の注文主は誰なんです？　もしやお美弥さんご自身ではないですか？」

「あら嫌だ」

　小さく苦笑を漏らして美弥は言った。

「お咲ちゃんたら、なんでもお見通しなのね。どうして判ったの？」

「どうしてって……」

「ああでも、私の物にする気はないの。その……志郎さんへの贈り物にしたいと思っているのよ」

「えっ？」

再び驚いた声を出した咲に、美弥は苦笑を微笑に変えた。

「志郎さんたら、どうやらあのお財布は自分で買おうと思っていたらしいの。ほら、志郎さんも『いい出来』だって言ってたでしょう？　よほど気に入ったのね。お客さまには勧めずに隠していたのよ。だから私もいっそ、日頃のお礼を兼ねて志郎さんに差し上げようかと思っていたのだけれど、ちょうど訪ねて来たお義母さんに見せびらかしたら、次の日、お義母さんから話を聞いたお得意さまに、どうしてもと望まれちゃって。志郎さんが珍しくひどくがっかりしていて……こんなことなら、お義母さんに黙っておけばよかったわ」

「はあ……そんなことが」

内心呆然としながら、咲は相槌を打った。

まったく、この二人ときたら――

ちらりと咲は、箪笥の上の、寿から託された財布の包みを見やった。

「それでね、お咲ちゃん。売れてしまったものは仕方ないと一度は諦めたんだけど、修次さんから話を聞いて――それならお礼に餞別を兼ねて、やっぱり差し上げたいと思ったのよ」

「ちょっと待ってください、お美弥さん。餞別ってなんの話ですか？」

「もう、とぼけなくてもいいのよ。修次さんから全て聞いたわ。志郎さん、そろそろ独り立ちを……自分のお店を持ちたいそうね」

「な、何を――」

咲が急ぎ考えを巡らせる間に美弥は続けた。

「それで、修次さんやお咲ちゃんのところへ取引の相談に来たんでしょう？　修次さんが教えてくれたわ。他にもいい小間物の職人さんがいたら、紹介してくれないかとも頼まれたって……」

志郎さんが独り立ち……？

咲は内心首をかしげて――すぐに打ち消した。

――私はこれからも変わらず、手代として桝田屋をもり立てて参ります――

そう、志郎は言ったではないか。

とすると、修次さんがお美弥さんに嘘を――けれども、一体何ゆえに？

「もともと志郎さんは、前のお店から独り立ちしようって時に、無理を言ってうちに手伝いにきてもらったの。傳七郎さん――お義母さんの旦那さんが志郎さんのことをよくご存じで……あれからもう七年も経ったのよね。あっという間の七年だったわ。私、ずっと志郎さんの厚意に甘えっぱなしで、志郎さんの思いに気付かなかった。男の人だもの。やっぱり自分のお店が持ちたいわよね……」

そんなこたありませんよ——

そう言いかけて、咲は思い直した。

「……お茶を濁すのはよしてくださいよ、お美弥さん」

「お咲ちゃん」

「私たちだって昨日今日の付き合いじゃないんですから、ここらでちょいと、ほんとのことを教えてください。志郎さんがお美弥さんに惚の字だって、お美弥さんはとっくにご承知なんでしょう？　でもって、お美弥さんだってこの七年のうちに、いつの間にやら志郎さんに惚の字になっちまったんでしょう？」

「それは——」

「志郎さんが独り立ちするのは」——そんなこと、万に一つもないけれど——「お美弥さんにはぐらかされてばかりなのが苦しいからでしょうよ」

「は、はぐらかすなんて。だって志郎さんはなんにも」

「お美弥さんは女将、志郎さんは手代ですよ。女将に岡惚れしましたなんて、一手代がおいそれと口にできることじゃありません。それにあの志郎さんです。後家につけ込むような真似はすまいと、これまで己を律してきたんでしょう。お美弥さんは全てご存じなのに、志郎さんを引き留めようとなさらない。ようやく店を離れる覚悟を決めた志郎さんを今更ながら引き留めて、袖にされるのを恐れてらっしゃるんでしょう？　だからお礼だの餞別だのとそれとない振りをして、お茶を濁そうって肚なんでしょう？」

一息に咲が言うと、美弥は目をぱちくりしてから苦笑した。

「もう！　お咲ちゃんたら意地悪ね……そこまでお見通しなら、黙って引き受けてちょうだいな」

「だって、お美弥さん」

わざとおどけたようでいて、美弥の声は微かに震えた。

「……私は早くに親兄弟を亡くしたから、誠之助さんがお嫁にしてくれてとっても嬉しかったわ。お義母さんもそうだけど、誠之助さんはいつだってにこやかで、威勢がよくて、しょぼくれてばかりの私を励ましてくれたのよ。志郎さんは誠之助さんと同じくらいしっかりしていて頼りになるけど――志郎さんがいてくれたから、私は七年も女将としてやってこられたのだけど――でも、志郎さんは誠之助さんと違うから、私、なんだか誠之助さんやお義母さんに悪くて仕方がないの」

亡夫とまったく違う男を好きになった己に戸惑い、誠之助や寿に気が咎めて、美弥は志郎への想いを隠し続けてきた。

「それにね、志郎さんとなら、と思った時には私はとっくに中年増になっていて、ますます言い出せなくなっちゃった。私はほら……死産、流産と子供に恵まれなかったから余計にね。志郎さんは私より二つ年下だから、今だってまだ三十路前よ。お店を持つなら跡取りだって欲しいでしょうし……お咲ちゃんの言う通り、怖くて今更とても引き留められないわ。女将として独り立ちを後押しするのがせいぜいなのよ。だから、ね、お咲ちゃん、この話はこれでおしまいよ」

精一杯微笑んで美弥は咲の手を取った。

「お咲ちゃんだから打ち明けたのよ。女同士の秘密にしといてちょうだいね。はい、指切りげんまん」

小指を絡めて今一度にっこりすると、美弥は立ち上がった。

「——お財布、とびきりのに仕上げてちょうだいね。お願いよ」

草履を履いて土間で己を見つめた美弥に、咲はしかと頷いた。

「承知しました。きっと、お二人に気に入ってもらえる物を作りますから」

続く六日間、咲は黙々と針を動かした。

昼下がりの一休みに柳原（やなぎわら）の稲荷を訪ね、夕刻に路と勘吉と湯屋に行く他は、二階にこもって注文の財布を作るのに精を出した。

九日の夜のうちに二つの財布をそれぞれ紙に包んで巾着へ入れ、十日は朝餉を済ませてほどなくして日本橋へ向かった。

五ツ前に桝田屋に着くと、まだ暖簾を出していない店先を志郎が掃き清めている。

「お早うございます、志郎さん」

「お早うございます、お咲さん。……お早いですね」

「今朝はちょいと、店を開ける前にお二人にお話ししたいことがありましてね」

訝（いぶか）しげな目をした志郎を手招き、咲は美弥の名を呼びつつ店の中へ足を踏み入れた。

「どうしたの、お咲さん？」

奥から出て来た美弥が目を丸くする。

上がりかまちで巾着を開くと、そっくり同じ紙で包んだ二つの財布を無造作に一つずつ、美弥と志郎に手渡した。

「ご注文の竹に雀の財布にございます」

「お咲さん？」

声を合わせて、二人は更に顔を見合わせた。

急ぎ包みを開いた二人の手元に、それぞれ竹に雀の財布が現れる。

「お咲さん、これ――」

美弥が手にしているのは寿が買い求めた一つ目の、左手に竹、右手に雀が二羽飛んでいる意匠の財布だ。志郎が手にしているのは咲が仕上げたばかりの二つ目で、意匠は左手に雀、右手に竹で、一つ目の財布とは対となっている。

「ああ、間違えました」

にっこり笑って咲は二人の財布を取り換えた。

もとの財布を志郎に渡して咲は言った。

「こちらは先日、お寿さんが志郎さんにお渡ししようとした物です。他の客の手に渡る前に、お寿さんはご友人に頼んで、先回りして買っておいてくだすったんですよ。なのに志郎さんたら、中身も見ずに行っちゃうんだから」

「あの時の……しかし、どうしてお咲さんが？」

戸惑う志郎へ、咲は再びにっこりとした。

「この世にはね、志郎さん、思いもよらないご縁ってのがあるんですよ」

「思いもよらないご縁……」

そうつぶやいたのは美弥の方だ。

　やはり財布を手に呆然としている美弥の方を向いて、咲は言った。

「志郎さんからも注文を受けたんですよ。守り袋の下絵を持って来てくれた日です。もう一つ――前のに負けない竹に雀の財布を作って欲しいっていう、お美弥さんとそっくり同じ注文です」

「志郎さんが？」

「ええ。お美弥さんに日頃のお礼を兼ねて、私の納めた財布を贈り物にしようとしたけれど、運悪く他の人に買われてしまったから――と。内緒にしといてくださいって言われたけれど、もういいでしょう、志郎さん？」

「女将さんも同じ注文を？」

　志郎が問うのへ、咲は大きく頷いた。

「そうですよ。お美弥さんはお美弥さんでわざわざうちの長屋までやって来て、竹に雀の財布を志郎さんへの贈り物にしたいってんですよ。だからこうして、まったく同じじゃないけれど、もとのに劣らぬ――鏡合わせの財布を作ってきたんです。意匠や色を揃えるのに、随分苦心しましたよ。どうです？　お二人にぴったりでしょう？」

　またしても顔を見合わせた二人に内心にんまりしてから、咲は続けた。

「お美弥さん、志郎さんが独り立ちするってのは嘘です。新しい取引の話なんて、私はこれっぽっちも聞いちゃいません。修次さんにかつがれたんですよ」

「独り立ちが嘘……？」

「志郎さんが桝田屋を辞める筈ないじゃないですか。志郎さんはこれからも、お美弥さんと桝田屋をもり立てていくんです。ねぇ、志郎さん？」

「私が桝田屋を辞める？ どういうことです、女将さん？」

眉根を寄せて志郎が問うた。

「あの……先日修次さんが、志郎さんが独り立ちの支度をしていると……」

美弥がしどろもどろに修次から聞いたことを話すうちに、志郎の眉間の皺はますます深くなっていく。

「……女将さんは、そんな戯言を信じたんですか？」

「だって、志郎さんももういい歳だし……志郎さんならお店を持って、一国一城の主として充分やってけるのに、いつまでもうちで手代をしなくてもって……」

「そうやって言い包められたんですか？ 修次さんの——昨日今日会ったばかりの者が言うことを頭から信じるなんてあんまりです。独り立ちなんてもっての外です。私がそんなこと言う筈ないじゃないですか。女将さんが暇を出すと仰るのならともかく、私から店を離れることはありません。何故かは……女将さんもご存じだと思っていました」

「あの人への償いだって言うのなら、もう充分償ってもらったわ。だから……」

「いいえ」

首を振って志郎が言った。

「私は……償いのためだけにここにいるのではありません。償いの気持ちはありますが、それだけじゃないんです」

手の中の財布へ目を落とし——志郎は再び美弥を見つめた。

「お咲さんが仰ったように、私は女将さんと桝田屋をもり立てていきたいんです。これからも……ずっと」

志郎を見つめ返した美弥の瞳が微かに潤んだ。

「女将さん……いえ、お美弥さん。私は」

「ああ、ちょいとお待ちを」

志郎を遮り、上がりかまちに置きっぱなしだった巾着を急ぎつかむと、咲は美弥と志郎を交互に見やった。

「財布の代金はそれぞれ二分でございます。志郎さんはお寿さんに、お美弥さんは私にのちほどお支払い願います。お二人には日頃お世話になっておりますが、此度は振り回されましたからね。びた一文まけませんよ」

二人の返事を待たずに引き戸に手をかけ、殊更丁寧に会釈する。

「それじゃあどうも、お邪魔さま」

外からぴっちり戸口を閉めると、こらえ切れぬ笑みを手で隠しつつ、咲は桝田屋を後にした。

◎

日本橋を北に渡ると、ふと思いついて咲は新銀町へ足を向けた。

修次の長屋は番屋ですぐに教えてもらえたが、番人が上から下まで品定めするごとく己を見たのが気に食わない。

長屋に着くと、井戸端にいた二人のおかみが、番人と同じく、やはり咲を上から下まで見て言った。

「修次さんなら出かけてますよ」

「いつ帰るかは判りませんよ」

遊び人と思しき修次である。女が訪ねて来るのもしょっちゅうなのだろうと、おかみたちの慣れた応えを聞きながら咲は思った。

「縫箔師の咲と申します。桝田屋のことでご相談に上がったとお伝えください」

それだけ告げて、木戸を出る。

やっちゃば——青物市場——を横目に佐柄木町から神田川に出ると、しろとましろの稲荷神社へゆくべく、柳原沿いを東へ歩いた。

市中の桜はすっかり散って、瑞々しい柳の青が早くも夏の訪れを感じさせる。

滔々と流れていく川面から和泉橋へ目を向けると、橋の上の男と目が合って咲はぎょっとした。

「お咲さん」

遠目にも、片手を挙げた修次の白い歯が見える。

袂で落ち合った修次は妙に小ざっぱりとしていて、咲はつい朝帰りを疑った。

「やあ、奇遇だなぁ。——あいつらの稲荷に行くのかい？」

「そうだよ」

応えてから、少しそっけなかったかと咲は付け足した。

「ちょうどあんたの長屋に寄って来たとこさ」

「俺んとこに？　どうしたんだい、お咲さん？」

先導するように、修次の方から稲荷へ続く小道に足を向ける。

「どうしたもこうしたも――あんた、志郎さんが独り立ちの支度をしてるって、お美弥さんに嘘をついたろう?」

「ああ……」

先にかがんで鳥居をくぐると、修次は苦笑を浮かべた。

「ありゃあ、つい出来心で」

「出来心?」

「簪を持ってったら、女将さんが奥の座敷に上げてくれてよ。それで、ちょいとあの志郎さんのことを訊いてみたのさ。あいつの素性や――桝田屋で働くようになったいきさつなんかをさ」

「なんでまた」

「そらあれだ。お咲さんちに気安く出入りしてるみてぇだったから……」

頰を掻いた修次へ、咲は小さく鼻を鳴らした。

「注文を届けてくれただけだよ。気安くもないし、滅多にないことさ」

「そうらしいな」

志郎について美弥は多くを語らなかったが――

「女将さんもあいつに気があるとみて、ここは一丁、女将の方を焚きつけてやろうと思ったのさ。独り立ちを匂わせれば、女将さんも本音を出して、やつを引き留めるんじゃねぇかと思ってな」

「あんたね……年増女ってのは、そうちょろいもんじゃないんだよ」

引き留めるどころか、ただ黙って餞（はなむけ）を贈ろうとした美弥の気持ちが咲には判らないでもない。

「けどまあ、あの二人はなんとかまとまりそうだよ」

「そりゃめでてぇ。あの野郎が心変わりする前でよかったよ」

「あの野郎だなんて、あんたはもう――志郎さんに限って、心変わりなんてありゃしないよ」

咲が言うと修次は一瞬黙ってにやりとした。

「あんまし男を買いかぶらねぇ方がいいぜ、お咲さん。あんな朴念仁（ぼくねんじん）でも、二人きりで顔突き合わせてりゃあ、ふらりその気にならねぇこともねぇ。だからお咲さんに余計な手出しをする前に、あいつにゃとっとと女将とくっついて欲しかったのさ」

どうやら修次が一人で桝田屋に行ったのも、志郎を探るためだったようである。

「莫迦莫迦しい」

言下に咲は言い放ったが、ふいに先日のしろとましろの台詞が思い出された。

――けれども、一番はしろだからね――

――おいらの一番は、ましろだからね――

しろとましろは双子で、親兄弟への愛は男女のそれとはまた違う。

だが、今の美弥と志郎があの双子のように、心から互いを「一番」に想っているのは間違いない。

……いつからだろう。

己の中に「一番」好きな人がいなくなってしまったのは。

己が誰の「一番」でもなくなってしまったのは。

弟妹が生まれる前は母親が一番だったかもしれない。母親も己を父親と等しく、もしくはそれ以上に愛してくれたと思うものの、もはや遠い昔の話だ。弟の太一(たいち)や妹の雪(ゆき)が生まれ――愛する者が増えるにつれ、互いに甲乙つけられなくなっていき、いまや太一には桂(けい)、雪には小太郎という「一番」がいる。

しかし思い返してみても、一度は許婚(いいなずけ)となった兄弟子の啓吾でさえ、己は「一番」と呼べたかどうか。また、己が「一番」でなかったからこそ、啓吾もあっさり己を手放したのだろう。

「そうは言っても、お咲さんよ」

にっこりとして修次が言った。

「世の中にゃあ、思いもよらねぇ縁があらぁな」

――この世にはね、志郎さん、思いもよらないご縁ってのがあるんですよ――

「……なんだい、知ったかぶっちゃって」

折々に好意を見せる修次だが、己が「一番」だと思うほど自惚れてはいない。

また、己も修次に好意がないと言えば嘘になるが、「一番」からはほど遠い。

少なくとも、今はまだ。

「まあまあ、こうして今日会ったのも何かの縁だ。まだ陽も高ぇし、どうだい？　ちょいと遠出して浅草で昼飯でも――」

修次の誘いをよそに咲は財布を取り出して、いつも通り一文銭を賽銭箱に落として手を合わせた。

お力を貸してくださってありがとうございます――

美弥と志郎なら、どのみち一緒になっていたと思われる。

でもあの子たちのおかげで、お寿さんに出会えたのだから……

己が作った財布がしかるべきところへたどり着いたのも、咲には喜ばしいことだ。

修次も財布を取り出したが、お参りはせずに、一文銭を一枚ずつ二匹の神狐の足元に置いた。

「それは――」

はっとした咲に、修次は楽しげに微笑んだ。

「あいつら、賽銭箱の金とは無縁らしいが、こうすりゃあいつらの小遣いになるんじゃねぇかと思ってよ……来る度になくなっちゃいるんだが、他の誰かが持ってったとしても、まあいいさ。金は天下の回りもんだ」

あの子らの「小遣い」は、修次さんからだったのか……

くすりとして咲は再び財布を開き、修次が置いた一文銭に一枚ずつ足した。

「四文ありゃ、お稲荷さんか、大福や団子が一つ買えるからね」

言い聞かせるように神狐の頭を交互に撫でてから、咲は修次に向き直る。

「浅草といえば、美味しい金鍔(きんつば)を売る店があるんだよ。長屋の人が贔屓(ひいき)にしててね。せっかく行くなら土産(みやげ)にしたいから、お昼の後に寄ってもいいかい？」

「もちろんだ」

すぐさま頷いて修次は先に鳥居をくぐった。

「なんだか、お稲荷さんが食べたくなってきたな。東仲町(ひがしなかちょう)にお稲荷さんの旨い飯屋があるんだが、昼飯はそこでどうだい？」

「いいね」

修次に続いて鳥居をくぐりつつ、咲は今一度振り返る。

聞いたかい？　あんたたち——

もしや双子が後からついて来ないかと、どことなく胸を弾ませながら、咲は小道を行く修次の背中を追った。

第三話　妻紅（つまくれない）

「いよいよあと七日よ、お咲さん」

「ええ」

頷いて、咲は寿と忍び笑いを漏らした。

桝田屋の奥の座敷である。

美弥と志郎に対の財布を渡してから十日が経った。

いつも通り品物を納めに桝田屋を訪ねて来た咲だが、七日後にまた祝言のために再訪することになっている。

二つの竹に雀の財布を納めた翌日、まず美弥が咲の長屋に現れ、代金の二分を支払いがてら、志郎と身を固める決意をしたことを告げた。

更に二日後、美弥から全てを聞いた寿が深川からわざわざ神田までやって来た。

――善は急げ。二十七日の大安吉日に祝言を挙げることになりましたから、お咲さんも是非ともいらしてください――

──私が、祝言に？──

──お咲さんが一役買ってくれたからこそ、あの二人は落ち着くところに落ち着いたのよ。それにお美弥さんも志郎さんも近しいお身内がいないから、私とうちの人だけじゃ寂しいでしょう──

固めの杯と、祝いの膳を共にするだけの慎ましいものだから──と言っていたにもかかわらず、寿は張り切って角樽やら祝い膳やらの手配りの他、祝いの品として二人に新しい着物まであつらえたという。

「着物がもっと早く仕上がるようなら、明日にでも祝言をしたかったのに……」

「もう、お義母さんたら」

客の相手を終えて座敷にやって来た美弥が苦笑を浮かべた。

今日は寿は、布団の他に何か新調すべき物がないか確かめに訪れたらしい。

たった五人の祝言に仰々しいという美弥の言い分はもっともなのだが、弟の太一の祝言をのちに控えた咲には寿の意気込みの方がよく判る。

太一の想い人の桂とその両親とは、睦月のうちに顔合わせを済ませていた。同席した師匠の景三の意向を汲んで、のちの藪入り──文月十六日──に合わせて太一は独り立ちをして、祝言を挙げる手筈になっている。どちらも庶民ゆえに結納の儀はないものの、家具は桂の両親が用意するとのことだから、咲は太一の親代わりとしてそれなりの祝い金と着物を用意するつもりであった。

「まあ、これだけ待たされたのだから、あと七日くらいどうってことないわ」

「でしたらもう、深川で大人しくなさっていてください」

「まああ、年寄りから最後の楽しみを奪おうなんて――」

「お義母さんが年寄りだなんてとんでもない。ましてや最後だなんてもっての外です」

「そうはいってもねぇ、お咲さん？」

「あら、お咲さんは私の味方ですよ。ねぇ、お咲さん？」

「お二人が仲良しなのはよく判りましたから……」

二人のやり取りに笑いをこらえつつ、咲は巾着から包みを取り出した。

此度納める品物は、朝顔の縫箔を裏表の隅に入れた巾着が一つだけである。

というのも、祝言の日に美弥に贈るべく別の巾着を仕上げているさなかで、凝った物を作る余裕がなかったからだ。

「今日はこれだけです。ほら、先日いい実入りがあったから、ちょいとのんびりしちゃいまして」

美弥からは財布の代金に加え、心付けまで弾んでもらっていた。

「あら、朝顔とはちょうどいいわ。先日のお客さまを覚えてる？　修次さんの簪が、百合か朝顔だったらよかったと言っていた娘さんよ」

「もちろん覚えていますよ」

「お許婚が朝顔に凝っているみたいで、修次さんに朝顔の簪を頼めないかと訊かれているの。この巾着も売り込んでみるわ」

「それならちょうどよかったです」

「ねえ、お咲さん。簪の注文、お咲さんに言付けをお願いしてもいいかしら？」

「えっ？」

「だって修次さん、なかなかお店に来てくれないんだもの。桐の簪の代金もまだ渡せていないのよ。受けてもらえるなら皐月の半ばまでには納めていただきたいし、駄目なら駄目で先方に早くお伝えしたいのよ。お足はちゃんと出すわ。だから、ね？　お願い、お咲さん」

　美弥に拝まれるとどうも弱い。

　先日咲は一人で修次の長屋を訪ねているが、美弥をかついだ理由を問い質したかったがゆえである。注文なら本来、手代の志郎が出かけてゆくべき話で、己が遣いになるいわれはない。だが、志郎は修次をもとより好いておらず、美弥を焚きつけるためとはいえ、嘘を吹き込んでいった修次とやり取りするのはいまだ気が進まないようである。

「……判りました。でもお足はいりません」

咲が頷くと、寿がすかさず横から言った。

「あら駄目よ。こういうことはきちんとしておかないと」

「お義母さんの言う通りよ」

急に息を合わせて、手際よく既に懐紙に包んでいた物を差し出すと、美弥は寿とそれとなく目を交わす。

「なんですか？」

「なんでもないわ」

「なんでもありませんよ」

声と手を振る様が揃った二人に、咲の方が小さく噴き出した。

どうせ今度は、私と修次さんをくっつけようって魂胆なんでしょうけれど――

長年信頼を積み重ねてきた美弥と志郎とは話が違う。そう容易いものではないと、内心苦笑しながら咲は美弥と寿に暇を告げた。

――さっさと片付けちまおうかね。

手間賃を受け取ってしまったし、注文なら早く知らせた方がよいだろう。

寄り道せずに日本橋から十軒店にさしかかると、小さな人だかりが見えた。通りすがりに覗いてみると、人形遣いが芸を披露している。

白拍子に狐の人形からして演目は「釣狐」のようである。

釣狐は妖狐の逸話の一つで、狂言にもなっている。一族を狐釣りの猟師に釣られた老狐が、猟師の伯父である僧の白蔵主に化け、殺生の罪深さを猟師に説く。説法により猟師は狐釣りを一度は思いとどまるものの、老狐が捨て罠に釣られたことで化かされたことに気付き、待ち伏せして老狐を捕らえようとする。老狐はまんまと罠にかかってしまうが、渡り合いの末、罠を外して逃げて行くのである。

咲が覗いた時には物語は既に佳境だったが、前の方でしろとましろが食い入るように人形を見つめているのに気付いた。

老狐が逃げて終演になると、咲は安堵の表情を浮かべた二人に近付いた。

「しろにましろ」

「咲……咲も見た？」

「今の見た？」

振り向いたしろとましろが口々に問う。

「おしまいのとこだけね。でも、このお話は前に見たことがあるから知ってるよ」

応(こた)えてから少し腰をかがめて咲は続けた。

「ねぇ、あんたたち。私はこれからちょいと修次さんのところへ行くんだけど、あんたたちも一緒にどうだい？」

一人よりも三人で訪ねる方が気安いと、咲は双子を誘ってみたが、双子は揃(そろ)って首を振った。

「おいらたち、もう一回見るんだ」

「なんなら、もう二回」

二人が言うのを聞いて、狐の人形を持った男が目を細めて近寄って来た。

「嬉(うれ)しいねぇ。そんなに気に入ってくれたのかい」

男が言うには、二人は既に二回通しで見ているらしい。金は落とさぬ二人だが、いい客寄せにはなっているようだ。

一瞬、柳川(やながわ)の信太(しのだ)を「餌(えさ)」にしようかと迷ったものの、いつぞやの修次の真似(まね)をするようで思いとどまった。

「そんなら、あんたたちとはまた今度」

「うん、また今度」

「またな、咲」

それぞれ双子は応えたが、目は人形遣いが戯れに動かす狐の人形に釘付けだ。

苦笑と共に二人から離れて、咲は一人で新銀町へ向かった。

修次の長屋の木戸をくぐると、先日見たおかみの一人が今日も井戸端にいて、咲が問いかける前に口を開いた。

「修次さんちなら、そっちの三軒目ですよ」

「ありがとうございます」

咲が礼を言うとおかみは何やら曖昧な笑みを浮かべたが、開けっ放しの戸口を覗いてその理由が判った。

「お客さんだったんだね。すまないね」

上がりかまちではなく、無理やり片付けたような畳の上に、咲と同じ年頃と思しき女が座っている。

丸顔で、頬もやはり丸っこいが顎は少しほっそりしている。薄い上唇に比べて下唇はほどよく膨らんでいて、両笑窪が愛らしいなかなかの美女である。

「お咲さん――」

「どうもすみません」

驚き顔の修次をよそに、咲は女に小さく頭を下げた。

「桝田屋から言伝を預かってきたんだよ。注文で、朝顔の平打を作ってもらえないかってんだけど、頼めるかい？」

「あ、ああ……」

　戸惑いながらも頷いた修次へ、女が微かに咎めるような目を向けた。

「こないだの、桐の平打みたいなのをご所望で、皐月の半ばまでに納めて欲しいそうだよ。ああ、あの桐の簪もとっくに売れたそうだから、日本橋についでがあったらお代を取りに店に寄っとくれ。届けて欲しいってんなら、志郎さんに暇を見つけて届けてくれるよう言付けとくよ」

　努めてさりげなく、だが少しばかり早口に咲が言うと、修次はようやくいつもの調子を取り戻して微笑んだ。

「とんでもねぇ。志郎さんは勘弁だ」

「そう煙たがることたないじゃないのさ。あの二人はうまく話がまとまってね。近々祝言を挙げる運びになったんだよ」

「祝言か……そりゃめでてぇや。なぁ、お篠さん？」

　にこやかに修次は女を見やったが、その笑みは作りものめいていた。

「おめでたいことで」

篠という女が愛想笑いを浮かべて言うのへ、咲は慌てて頭を下げた。

「言伝はそれだけです。じゃ、頼んだよ。——どうもお邪魔しました」

二人の顔を交互に見やって、咲はさっさと踵を返した。

昨日今日の仲じゃない——

向かい合う二人の間には充分な距離があったが、どこかしっとりとした——そこはかとない秘めやかさが嗅ぎ取れた。

一言だけこぼした篠の口元に鉄漿が覗いたのを咲は見逃さなかったが、年増なら未婚でも鉄漿をつけている者もいる。ゆえに篠が人妻かどうかまでは判じ難いが、己より艶気があったことは確かだ。

ひとときと経たずに戻って来た咲を、井戸端のおかみが興味津々で見つめてくる。年の功でつい先ほどと変わらぬ会釈を返して、咲は木戸の外に出た。

修次と再会したのは四日後、根津権現の境内であった。

美弥へ贈る巾着が一段落して、昼餉を済ませた咲は気晴らしに根津権現まで出かけることにした。そろそろ見頃が終わるつつじを眺めに行こうと思い立ったのである。

晴れ空とあって花見客は少なくない。寛永寺の桜の花見ほどの賑やかさはないが、境内には仲間内の集いを楽しむ者たちがそこここに見られた。

参道の大鳥居をくぐってまもなく咲は修次に気付いたが、男四人でこぢんまりと酒を酌み交わしているところへ声をかけることもあるまいと、黙って神橋へと足を向けた。

――と、後ろから小さな駆け足の音と共にしろとましろの声がした。

「咲！」

「咲！」

「あんたたち……声が高いよ」

振り向いた咲が苦笑を漏らすと、横目に修次も近付いて来る。

「おおい、お咲さん！　しろにましろ！」

神橋の袂で会すると、しろとましろはにやにやしながら修次を見上げた。

「修次だ」

「なんだい、修次？」

「なんだい、とはご挨拶だな。どれ……お前がしろで、お前がましろだろう？」

咲に近い方をしろ、己に近い方をましろと呼ぶと、双子は軽く目を見張る。

「当たった」

「まぐれ当たり」

「まぐれ当たりに決まってる」

「だって二つに一つだもの」

二人が言うのへ、今度は修次がにやにやとする。

「もう一回」

「もう一回」

口々に二人がせがむと「ようし」と、修次は二人に背を向けた。

「咲も」

「咲もあっち向いて」

「はいはい」

修次とは違う方へ、だが二人に背を向けると、双子はしばしぐるぐると咲と修次の周りを回った。

「もういいよ」

「どっちだ?」

二人の声に振り向くも、咲にははなから区別がついていない。

「お前がしろで、お前がましろだ」

修次を向いて並んだ二人のうち、右手をしろ、左手をましろとして修次は指さしたが、双子は顔を見合わせてにんまりとした。

「外れ」

「大外れ」

「ちぇっ。だが、今日は引き分けだぞ」

形ばかり舌打ちをして修次は目を細めたが、咲は修次の仲間がこちらを窺(うかが)っているのが気になった。

「修次さん、お仲間が待ってるよ」

「ああ……やつらは近所の者で、湯屋(ゆや)でよく一緒になるんだ。みんな居職(いじょく)だからよ。暇を合わせて花見に来たのさ」

訊いてもいないのに言ってから、修次は付け足した。

「先日の——その、お篠さんは親類の姐さんで、もう三——いや四年は顔を見てなかったのが突然訪ねて来たもんだから、俺(おれ)もまあ、驚いたのなんの」

おどけた声からは、本当か嘘かは判らなかった。

が、問い質すようなことでもないから咲はただ頷いた。

「そうかい。……じゃ、私はこれで」

「おいらたちも、これで」

「これで」

しろとましろが二人してちょこんと、咲を真似て会釈する。

まだ何か言いたげな修次を置いて神橋へ足をかけると、双子も後からついて来る。

楼門と唐門をくぐると、社殿を詣でる前に二人が左右の狛犬に手を合わせたのが微笑ましい。

参拝を済ませると、咲は双子と連れ立って西門から駒込稲荷を回ったのちに、乙女稲荷へと続けて詣でた。

乙女稲荷の祭神は宇迦之御魂神――またの名を倉稲魂命、御倉神といい、伏見稲荷大社の主祭神でもある。駒込稲荷でも乙女稲荷でも、しろとましろは神狐の像に手を合わせて回った。

「あんたたち二人は、ここへよく来るのかい？」

咲が問うと、双子は一瞬顔を見合わせてからとぼけた。

「さぁてね」

「知ぃらない」

澄ました顔が可笑しいが、微笑むだけになんとかとどめた。

乙女稲荷の社を後にすると、色とりどりに咲くつつじをのんびり見て回る。

のちのち意匠に使えそうな花は殊更じっくり見つめて、色や形を頭に叩き込んだ。

ぐるりとつつじの群れを一巡りすると、再び神橋が見えてきて咲は足を緩めた。

八ツを聞いたばかりだから、修次はまだ酒盛りに興じている筈だ。通りすがりに再びこちらに気付くようなら、二言三言、言葉を交わすことになろう。

探るように辺りを見回した咲の目に、やって来たばかりの一行が飛び込んできて、咲の足をすくませた。

男ばかり五人の一行の真ん中にいるのは縫箔の親方の弥四郎で、その隣りを歩いているのは咲のかつての――ほんのひとときだが――許婚だった啓吾であった。

啓吾より先に弥四郎が気付いたのは幸いだった。

「お咲じゃないか」

名前を呼ばれて仕方なく、咲は一行に近付いた。

「ご無沙汰しております」

「うん。達者なようで何よりだ」

「親方も」

「この子らは……まさかお咲の？」

咲の背中に半分身を隠しつつ、しろとましろは一行を興味深げに見上げている。

「まさかですよ、親方」

苦笑と共に咲は大袈裟に首を振った。

「近所の子らです」

「なんだ、驚いたぞ」

「驚いたのはこっちですよ」

咲の言葉に啓吾を含む他の四人も笑みを漏らした。

同じ神田に住んでいるのに、啓吾と顔を合わせたのは四年ぶりだ。今の長屋では弥四郎が請人となっているために、引っ越しの際に弥四郎宅に挨拶に出向いた時以来である。越してからも年始の挨拶は欠かしていないのだが、弥四郎の妻や弟子、もしくは啓吾の妻が気を利かせているようで、啓吾の姿を見たことがなかった。

身綺麗にしているものの、啓吾の目の下には隈が目立って見える。だが四年前よりはやや目方が増えて、弥四郎の後継ぎとしての貫禄も増したようだ。

ふと己の身なりが気になったものの、どうであろうと今更取り繕えるものではない。

「お咲もつつじを見に来たのかい？」

「はい。でももう帰るところです」

遺恨はなくとも、啓吾と言葉を交わすのはどうも気まずい。

心持ち早口に弥四郎に応えた咲の袖を、しろとましろが両隣りから小さく引いた。

「おいら、お腹が空いた」

「おいらも」

これ幸いと、咲は二人を交互に見やって笑顔を作った。

「ああ、じゃあ、帰り道でお稲荷さんでもつまんで行こうかね?」

「食べる」

「お稲荷さん食べる」

喜ぶ双子に目を細めた弥四郎へ咲が急ぎ暇を告げると、しろとましろは今度は咲の手を取って引っ張った。

「早く行こう」

「お稲荷さん食べに行こう」

「じゃ、親方、皆さん、ごゆっくり……」

双子に手を引かれて速足で参道と大鳥居を抜けると、咲は一旦足を止めた。

両の手の、二つの小さな手を確かめるようにそれぞれ握り直すと、少しばかり熱くなった目頭を持て余して咲は瞬きをした。

「あんたたち……ありがとう」

咲が言うと、双子はきょとんとしてから微笑んだ。

「不忍池(しのばずのいけ)の近くにも美味(おい)しいお稲荷さんがあるんだ」

「おいらたち、いろいろ知ってるんだ」

「さあ、行こう」

「早く、行こう」

小さな手に力を込めた双子に急(せ)かされ、咲は再び歩き始めた。


咲が桝田屋の暖簾(のれん)をくぐると、客に断って志郎が奥へ声をかけた。

「お美弥さん、お咲さんがいらっしゃいました」

三日前に、美弥と志郎は晴れて夫婦となった。

まだどこか他人行儀な物言いではあるが、「女将(おかみ)さん」が「お美弥さん」となったのは喜ばしい。

ついにやにやしてしまった咲を、志郎は仏頂面で店の奥へと促(うなが)した。

「ちょうど修次さんがいらしたところです」

上がって奥の座敷に顔を出すと、美弥が嬉しげに手招いた。

「そろそろじゃないかと思ってたのよ。座って、座って」

今日は納めるべき品物はないのだが、三日前、祝言に呼ばれて来た際に、袋物の注文があったと知らされていた。ある小間物を入れる袋で、詳しい寸法は月末までに改めて知らせに来ると客が言っていたため、咲は今日、卯月は朔日に訪ねて来たのである。

期限まで二月近くあったにもかかわらず、修次は早速簪をこしらえてきたらしい。

美弥と修次の間に置かれている銀の平打の錺は少し大きめで、三輪の朝顔が彫り込まれている。桐の簪がそうであったように錺は楕円状で、伸びた蔓がそのまま上部の縁になっていた。

「これは、あの娘さん、喜ぶでしょうね」

「ええ」

美弥と微笑み合うと、修次が少しばかり得意げな顔になった。

「お咲さんも注文が入ったんだってな？」

「そうだよ。小間物の袋なんだけどね」

「初めてのお客さんなんですが、修次さんと同じく、名指しの注文なんですよ。でも小間物ではなかったみたい……」

言いながら美弥は、手文庫の隣りに置いてあった細長い風呂敷包みを解いた。

中の油紙を更に広げると、現れたのは一尺に満たぬ刀身だ。

護身刀の刀身と思しきそれは、手入れされているとは言い難く、ところどころに錆が見られる。

「これを入れる袋をご所望なんですか？」

「そうなの。これなら箱をあつらえた方がいいんじゃないかと言ったら、袋ができたら袋ごと仕舞える箱を注文しようかしら、と仰ってたわ」

「それもいいですね」

「お咲さん……いや女将さん、こいつは断った方がいい」

咲が相槌を打つ横からおもむろに修次が口を挟んだ。

刀身を睨み付ける目がいつになく険しい。

「あら、どうしてですか？　うちは指物師にもつてがあるから、箱の注文もありがたいのだけど」

「こんなもの――何か曰くがあるに決まってます」

「曰くって……」

からかい半分に咲がつぶやくと、修次は一度目を落とし、それから取ってつけたように微笑んだ。

「いや、だって、錆付きの刀身なんて、どう考えても尋常な注文とは思えやせん。錆は何かを切った証でしょう。何かその、恨みつらみのこもったものだとしたら、店やお咲さんが呪われちまわねぇかと——」

「お客さまは火事だと仰ってたわ」と、美弥。

「火事？」

「ええ。大事な形見の品だけど、火事で鞘と柄に焦げ跡がついてしまったと。それで刀身だけ取り出したのだけど、少々つらい想い出だから、手入れを怠ってしまったと」

「少々……？」

つぶやいた修次の顔からは笑みが消えている。

「修次さん、もしや何か心当たりが？」

咲が問いかけると、修次は困ったように小さく首を振った。

「いや……」

嘘だと直感したものの、今一度問い質したところで口は割らぬと思われた。

美弥もどうやら同じく判じたらしい。

「お心当たりがないのなら、軽々しくお断りできませんよ。うちもお咲さんも商売ですから……人様には、私が思いもよらぬような事情をお持ちの方がいます。こちらからはそう根掘り葉掘り訊けませんし、そもそもこれはお咲さんへの注文で、既に前金もいただいてるんです」

修次は美弥の言葉に頷きつつも、すぐさま腰を上げた。

上の空で暇を告げた修次が足早に座敷を出て行くと、咲は美弥と顔を見合わせた。

「お咲ちゃん、これは何か曰くがありそうね？」

「ええ」

頷いてから、咲は今一度刀身を見つめた。

茎には「徹太郎」の銘が入っているが、咲は刀匠の名はまるで知らない。美弥も志郎も刀にはさほど詳しくないとはいえ、少なくとも世に知られた刀匠ではなさそうだ。

「こちらは一体、どなたからの注文なんですか？」

「お篠さんていう女の方よ」

「お篠さん——」

咲がはっとしたのを見て取って、今度は美弥が訊ねた。

「知ってる人なのね？」

「おそらく修次さんのお知り合いですよ。先日、お美弥さんから言伝を頼まれて長屋に伺った時、一緒にいらした女の人です」

「まあ……」

戸惑う美弥に篠の容姿を告げると、どうやら間違いなさそうである。

「品川宿にお住まいだと聞いたけど……碓井屋って万屋のおかみさんらしいわ。ああでも、お女郎上がりじゃないと思うのよ」

江戸四宿にはそれぞれ岡場所があり、中でも品川女郎の人気は高い。

美弥の言う通り、篠は女郎上がりには見えなかったが、そうでないとはまだ言い切れない。以前櫛入れを注文した輝とてかつて吉原女郎で、酒問屋のおかみとなった今、女郎の面影は見られない。

「一見のお客さんだったんだけど、お咲ちゃんの財布や煙草入れを前に見たことがあって、袋も意匠も何から何までお咲ちゃんにお任せしますと言われたの。前金も一分、ぽんと払ってくださって。形見だと言われたから、あんまり訊いたら悪いと思って……でも修次さんが呪いだなんていうからには、刃傷沙汰でもあったのかしら。――嫌だわ」

前夫の誠之助を刃傷沙汰で亡くしている美弥は、眉をひそめて刀身を油紙、それから風呂敷に包み直した。

「十五日の九ツ頃に取りに来るそうなんだけど、お咲ちゃんの気が乗らないようなら、私の方から明日にでもお断りするから」

「ああ、いえ……」

躊躇(ためら)いながらも、咲は風呂敷包みに手をかけた。

「こちらは私が預かりますよ。受けるにしても断るにしても、ちょいと考えさせてくださいな」

修次ではないが、腰を上げつつ咲も笑顔を作ってみせた。

「じゃ、私もお暇しますから、お美弥さんもお店へ――志郎さん、いえ、旦那さまがお待ちですよ」

「もう、からかわないでちょうだい」

「からかってなんかいやしません。お二人の固めの杯は、この私がしかと見届けましたからね。私のためにも、これからは一層仲睦(なかむつ)まじく、夫婦一体となって桝田屋を江戸一の小間物屋にしてくださいよ」

「もう！」

ほんのり頬を染めて美弥も立ち上がり、咲の後を追って店先へ戻った。

⊛

二晩迷って、咲は卯月三日の早朝に長屋を発った。

品川宿に行こうと――篠を訪ねてみようと思ったのだ。

神田から品川までゆうに二里はある。日本橋までは慣れた道のりだが、京橋まで足を延ばすのは稀で、増上寺より南にゆくのは初めてだ。

一本道ゆえに迷いようはないのだが、小さくも刀身を包んだ風呂敷を背にした足取りはけして軽くない。増上寺の表門からほど近い金杉橋を越してから品川宿の入り口までの半里が、咲にはひどく遠く感じた。

なんとか九ツが鳴る前に宿場へたどり着き、目についた茶屋の縁台に座り込む。

渇いた喉を茶で潤し、握り飯と饅頭で腹を満たすと、咲は茶屋の女に碓井屋を訊ねた。

「うすいや、というのは二軒あります。万屋ですか？　それとも旅籠の方かしら？」

「万屋の方です」

「ああ、それなら――」

旅籠の方は、いわゆる飯盛旅籠だろうか？

訝る咲の胸中を見透かしたように、茶屋の女が微笑んだ。

「羽水屋はまっとうな旅籠ですよ」

「さようで……」

幕府が定めた女郎の数は五百だが、四宿一の人気を誇る品川宿では女郎は増える一方で、水茶屋勤めの女も含めれば千にもなると聞いている。

にもかかわらず、道行く者のほとんどは男で、強気の咲もやや気遅れした。

茶屋の女曰く、品川宿は高札のある橋を境に北と南に分かれており、北品川には銭見世——下等な女郎屋——が、南品川には大店が立ち並んでいる。どちらも海を望む部屋からの眺めは絶景で、今日のように晴れた日であれば対岸の上総や安房の山が見えるらしいが、咲には確かめようがない。

碓井屋は茶屋から四町ほど歩いた山側にあった。

万屋だけに店先には笠や草履、合羽、杖などから、さらしや扇子、飴や水菓子まで実に様々な品物が並んでいる。

篠に会いに来たと店主に告げると、篠はなんと旅籠の羽水屋で働いているという。

「お篠は私の妹ですが、あっちもこっちも『うすいや』と店の名が一緒だから、あすことは先代、先々代からずっと親しくしておりまして。ようやく近々、幼馴染みの若旦那とお篠の——つまり、『うすいや』同士でご縁がまとまることになりました」

「それはおめでとうございます」

如才なく祝辞を口にして碓井屋を後にしたものの、篠は己と似たような年頃だ。その篠の縁談が今頃――しかも、幼馴染みの男と――まとまったというのなら、話が遅いにもほどがある。とすると、やはり若い時分に修次と何やらあったのではないかと勘繰りながら、咲は更に一町ほど南にある旅籠の羽水屋に向かった。

篠は既に若女将として遇されているようで、そこそこ自由が利くらしい。玄関先で咲を認めると、篠は店の者に断って咲を表へいざなった。

「見晴らしのよいところがありますから……」

寺へと続く坂道を少し上がって振り向くと、江戸前の海が一望できた。

「あちらが上総、あちらが安房国です」

左手と右手を交互に指した篠の手の向こうに、うっすらと山が浮かんで見える。

「よい眺めですね。品川宿は初めてなんです」

「お伊勢参りや駆け込み……もしくはお女郎にでも身を落とさなければ、女の人には縁のないところですからね」

愛想笑いと共に言った篠へ、咲はずばりと切り出した。

「あの……どうして、桝田屋で名指しで注文してくだすったんですか？」

じっと咲を見つめることほんの刹那、篠は嫣然と微笑んで応えた。

「修次さんが、あなたの仕事を褒めていたものですから」

「修次さんが？」

「ええ。女の職人さん——しかも縫箔師だなんて初めて会った、日本橋の小間物屋の女将が惚れ込む腕前で、評判も上々だと……修次さんとは、桝田屋を通じてお知り合いになられたのかしら？」

微かではあるが探るような目をした篠に、咲はできるだけ穏便に、けれどもはっきりと応えた。

「桝田屋じゃありませんが、修次さんに初めてお目にかかったのは小間物屋です。物は違いますけど、お互い小間物屋に縁のある職人ですからね。仕事の上のやり取りはありますが、それだけです」

「あら」と、篠はにっこりとした。「私も修次さんとはそういう——男と女の仲じゃありませんのよ」

しかし、わざわさ「男と女」などと口にするところが、咲にはどうも信じ難い。

「……修次さんは、この仕事は受けない方がよいと言っていました。あの刀は本当にただの形見なんですか？　女将さんからは、火事で鞘と柄に焦げ跡がついてしまったと聞きましたが、修次さんは疑っているようでした」

風呂敷包みは下ろさずに、だがその重さを背に感じつつ咲は問うた。

篠は少しばかり困った顔をしたものの、すぐさま口を開いてよどみなく応えた。

「火事というのは嘘ですが、形見には違いありません。修次さんのお兄さんは徹太郎さんという鍛冶屋で、刀鍛冶の真似事もしていました。徹太郎さんは、あの刀を胸に受けて亡くなったんです」

「徹太郎さんというと、あの刀を打った方ですね」

銘を思い出しながら咲は問うた。

「でも、胸に受けて亡くなったというのは……？」

「私が見つけた時には既に亡骸で、あれが心ノ臓に刺さっていました」

顔からすっかり笑みを消して、淡々とした声で篠は続けた。

「自害したのか、殺されたのかは、判らぬままです。なんにせよ、修次さんにはよい想い出のない品ですから、お咲さんに断るように言ったのでしょう」

「お篠さん……あなたは、その」

「私は徹太郎さんの妻でした。この度、羽水屋に嫁ぐことになりましたので、あの刀は亡夫の想い出と一緒に仕舞い込むことにしたんです。修次さんにとっては徹太郎さんの命を奪った忌々しい刀でしょうが、あの人の銘が入った刀はあれしか残っていないので、どうしても手元に置いておきたくて……でもあのままではあんまりですから、せめて綺麗な袋に入れてあげたいと思ったんですよ」

「……さようで」

嘘をついているようには見えないが、何やら煽り立てるような瞳をしている。

「とはいえ、人が一人死していると聞いては、どうにも気味が悪いでしょう。気が進まないようなら、遠慮なくお断りくださって結構です」

「いいえ」

とっさに口にしていた。

「お引き受けいたします。意匠は……どういたしましょうか？」

「お任せしますよ、お咲さん。桝田屋からもそうお聞きなさったでしょう？」

再びにこやかな——旅籠の女将らしい笑みを浮かべて篠は言った。

「どんな袋に仕上がるのか、今から楽しみにしております」

坂を下りて羽水屋の前で篠に暇を告げると、どことなく重さを増したような刀身を背に、咲は帰路を歩き始めた。

⁂

さて、どんな意匠にしたものか——

徹太郎の尋常ならぬ死からまず思い浮かんだのは彼岸花――別の名を死人花――や黒百合だが、無念や恨みを晴らすための注文ではない。
供華といえば樒であるが、あまりにも短絡的で凡庸である。
花にこだわらずともよいのだが、花や草木の意匠は咲の得意とするところだ。
今少し篠に話を――篠自身や生前の徹太郎の好みを訊ねてみればよかったのだが、つ
いつまらぬ見栄を張って、さっさと羽水屋を後にしてしまった。
徹太郎の弟である修次にならば何かいい助言がもらえぬかとも考えたものの、徹太郎の
死に様を思うと訊きにくい。ましてや修次は、桝田屋では一言も兄の存在やその死を漏
らさなかったのだ。

――自害したのか、殺されたのかは、判らぬままです――

刀身を見つめていると、篠の声がよみがえる。
自害したなら、何が徹太郎をそこまで追い詰めたのか。
殺されたとしたら、どんな事情があったというのだろうか。
恨みか、妬みか、はたまた金品目当ての強盗か……
が、これもまた修次には問い難いことである。
茎の「徹太郎」の銘は、修次の銘に似て滑らかで整っている。筆には人柄が出ると言

われているものの、銘のみから人柄を読み取ることなぞ到底できない。

「やれやれ……」

篠の話に己は思ったより動揺していたらしい。帰りも一刻余り歩かねばならぬと気が急いていたとはいえ、少し辺りで徹太郎のことを訊ねて回ればよかったと、咲は後悔しきりである。

刀身に血痕は見当たらないが、一つの命が失われたと知るとその錆は痛々しく、また生々しい。

此度、供養がてらに新たに仕舞い込むというのなら、いっそこの機に綺麗に研いでもよさそうなのに、そうしないのは、徹太郎を偲ぶ心からか、それとも愛する者の命を奪った刃を恐れるゆえか。

それなら縄目はどうだろうかと、咲はいくつかの縄目文様を思い浮かべた。

神祭具であるしめ縄は神域への結界であったり、厄や禍を祓う魔除けであったり、神の依り代の印となったりと様々な意味がある。しめ縄は「注連縄」と書き、「注連」は支那国にて死者が出た家の門に張る縄で、死者の霊を家に戻さぬための風習だという。この注連がしめ縄と似ているので当て字となったが、しめ縄は元は「尻久米縄」といい、縄の尻——つまり端を切らずに垂らしたものだ。天照大神が天岩戸から出た際に、天岩戸に戻れないよう、神域と俗界を分けたのが尻久米縄である。

しめ縄そのものを意匠にするのは野暮ったいが、縄目文様ならしめ縄にあやかりつつ、小粋な袋に仕上がるのではなかろうか。

思い悩むうちに八ツが鳴って、咲はのろのろと梯子を下りた。路と福久におやつに誘われたが断って、財布一つを懐に入れて木戸を出る。

品川宿まで往復で二刻半ほど歩いた足がまだ少し痛むが、そこここの新緑は涼やかで、柳原に出ると咲は一つ大きく息を吸い込んだ。

和泉橋を横目に通り過ぎ、稲荷への小道へ足を踏み入れる。

昼過ぎとあって柳原沿いにはそれなりの人通りがあるというのに、相変わらずしろとましろの稲荷には人気がなく、しんとしている。

賽銭箱に一文落とし、社に手を合わせてから、修次に倣って更に一文ずつ左右の神狐の足元に置いた。

しろかましろか、どちらかの神狐の傍らにしゃがみ込み、その頭を撫でつつ、今にも双子が現れないかと辺りを窺うと、小道をやや急ぎ足で修次がやって来た。

「修次さん」

「ああ、お咲さん、やっぱりここか」

どことなく困った笑みを浮かべて修次が言った。

「今しがた長屋に行ったら、おやつも食べずに出かけてったと、勘吉とお路さんが教えてくれたんだ」

昼餉には遅く、夕餉には早い刻限だ。おそらく刀身のことだろうと推察しながら咲は立ち上がった。

「うちになんの用だったんだい？」

「桝田屋に行ったら、あの刀身は、お咲さんが持ってったって言われてよ」

「ああ、そうさ」

咲が頷く間に修次は財布を取り出して、咲が一文銭を置いた神狐の足元へそれぞれ一文ずつ添えてやる。

「これはお咲さんが？」

「うん。あの子らのおやつの足しにでもなりゃいいけどね」

修次が己と同じく二匹の頭を撫でるのを見ながら、咲は切り出した。

「――昨日、品川に行って来たよ」

「えっ？」

「お篠さんに訊きたいことがあったからさ。あんた、あの注文がお篠さんからだって知ってたんだろう？」

修次は一度目を落とし、気まずそうに再びしろかましろかどちらかの神狐を撫でてから言った。

「なぁ、ちょいと通りに出て話さねぇか？」

しろとましろが神狐の化身ではないかと言い出したのは咲なのだが、先に信じたのは修次の方だ。証拠は何もなく、しろとましろがここにいるのかいないのか咲たちには知りようがないものの、人の死——しかも、もしかしたら殺し——にかかわることなれば、この場を避けたい修次の気持ちは理解できた。

小道を出て柳原沿いを西へ歩き始めると、咲が促す前に修次は口を開いた。

「俺もおとつい——いや、三日前にも桝田屋を出た足で品川へ行こうとしたんだが、どうにも思い切れねぇで、つい今日までうだうだしちまった」

まずは刀身を手元に譲り受けようと桝田屋を訪ねてみたところ、三日前、咲が既に持って帰ったと告げられて、慌てて咲の長屋まで足を運んだという。

「何も持って帰るこたねぇだろうに」

「あんたが脅かしたもんだから、お美弥さんが怖がっちまってね。それにもしも断るとしたら、自分で言いに行こうと思ってたんだよ。名指しで受けた仕事だからね」

「じゃあ、品川には断りに？　もしや、もうあれはお篠さんに返しちまったのか？」

「いいや」

咲が首を振ると、修次は微かに安堵の溜息を漏らした。

篠とのやり取りを話したところ、篠の嫁入り話を修次は既に知っていた。

「先日、お篠さんはそのことを話しにうちに来たのさ。でもって、餞に簪でもこしらえちゃくれねぇかって言われたんだが、どうも気が進まなくてよ……」

篠が面白くない顔をしたのは、己の頼みは断ったのに、桝田屋の注文は二つ返事で引き受けたからだったようだ。

和泉橋を渡って東へ折れると、神田川の北から修次は柳原を見渡した。

修次の家――徹太郎の鍛冶小屋――は、品川は御殿山の西隣りの大崎村にあった。

徹太郎は修次より五歳年上で、母親は修次が八歳の時に流行り風邪で、父親はその七年後――徹太郎が二十歳、修次が十五歳の時に卒中で死したという。

「お篠さんと羽水屋の――旅籠の若旦那の敦彦さんは幼馴染みで、親同士も二人が小さな頃から冗談交じりに言い交わしてたってんだが……兄貴が親父の跡を継いで、万屋の方の碓井屋に切り出しやら鉈やら納めに出入りするようになったら、どちらからともなく惚れ合って、兄貴が二十二、お篠さんが十八の時に祝言を挙げたのさ」

とすると、徹太郎さんより五つ下の修次さんは十七歳……

つまり篠は修次より一つ年上で、咲と同い年ということになる。

「ふうん」

他に言いようもなく、咲も修次を横目に、しろとましろの稲荷があるであろう辺りを見つめて相槌を打った。

「俺はその頃には、その、女のところに出入りするようになっててよ。月の半分は家に戻らなかったし、兄貴は兄貴で家では仕事一筋で、お篠さんのことなんざおくびにも出さなかったから、顔合わせに呼ばれるまで、俺ぁ二人がそういう仲とはちっとも知らなかったのさ」

修次が家に戻るのは主に鍛冶場を使うためであった。

女を覚えた頃から、修次は鍛冶場の片隅を借りて見よう見真似で平打を作るようになり、女たちへの贈り物にしたり、小間物屋に売って小遣い稼ぎをしていたらしい。

四宿の中では一番栄えているとはいえ、江戸市中からみれば品川宿はそう広くない。万屋の碓井屋も一人娘の篠も幼い頃から見知っていたものの、宿の者同様、篠は敦彦と一緒になるものと思い込んでいたがゆえに、徹太郎との仲を知って修次は大層驚いた。

「まあしかし、めでてぇ話にゃ違(ちげ)ぇねぇ。へへ……俺ほどじゃあなかったけどよ、兄貴は苦み走ったいい男だったから、祝言が決まって泣いた女がいなくもなかった」

おどけた調子で修次は言ったが、咲はうまく笑えなかった。

黙ったままの咲をちらりと見やって、修次もすぐに真顔に戻る。

「できたてほやほやの夫婦と一つ屋根の下ってのは野暮だから、俺は宿の小間物屋に間借りしてよ。初めの三年ほどはお互いつつがなく暮らしてたんだ。けど五年前……水無月の頭のちょいと陽射しが暑い日に、兄貴んとこに鍛冶場を借りに行ったら、お篠さんが倒れてたのさ」

兄の名を呼んだが、徹太郎はちょうど他出していた。

暑気あたりだろうと、修次は篠を家屋の方へ運び込み、井戸から冷たい水を汲んできて、額や首元を拭ってやった。やがて篠は目を覚ましたが、慌てて飛び起きたために立ち眩みを起こし、そんな篠を抱き止めたところへ徹太郎が帰宅した。

「誤解のねぇよう、事情は頭から話したんだが、そっから兄貴とはなんだかぎくしゃくしちまった。もしも……もしも兄貴が自ら命を絶ったってんなら、おそらく俺とお篠さんの仲を疑ったからだろう」

「でもお篠さんは、自害したのか、殺されたのかは判らなかったと……」

「ああ。だが、もしも殺されたとしたら——下手人はお篠さんじゃねぇかと、俺は疑ってんのさ」

「お篠さんを？」

思わず問い返した咲を、修次はようやく真っ向から見つめた。

「兄貴には誤解だと言い張ったけどよ、俺ぁ実はあの頃、ちょいとお篠さんが気になってた。お篠さんもなんだか、俺に気があるようだった。自惚れだと言われちまえばそれまでだがな……けど、兄貴が疑ってたのは間違えねぇ」

眉をひそめた咲を見て、修次もばつの悪い顔をする。

「……餓鬼でもいりゃあ、また違ったかもしれねぇな」

「そうかい？」

「だってほら……子はかすがいっていうじゃあねぇか」

跡継ぎを重んじる武家や商家では、三年経っても子をなさぬ女を石女とみなして離縁したり、男がよそに女を作ったりすることが珍しくない。

鍛冶屋の徹太郎とて跡継ぎを望む気持ちはあったろう。もしも修次の推察通り、徹太郎の死に他人がかかわっていないのならば、四年目にしてことが起きたのは、無きかすがいが一因やもしれなかった。

「兄貴はずっと――兄貴が思っていたよりも――俺の自慢の種だった。おふくろが早くに逝っちまったし、親父は鍛冶しか能のねぇ男だったから、なんでもかんでも兄貴が教えてくれた。炊事や洗濯、書き方、女のことだって……親父は俺が鍛冶小屋に出入りするのを嫌がったから、俺が鍛冶を習ったのも親父が死んでから――兄貴が手取り足取り教えてくれたんだ」

　修次は鍛冶屋になるつもりはなかった。跡を継いだ徹太郎がいずれ所帯を持つと思っていたし、ちょうど女を覚えたばかりだったこともある。また、女の気を引こうとして簪を作り始めてすぐ、徹太郎は修次に鍛冶屋よりも錺師になれと勧めた。

「二人きりの兄弟だ。俺はずっと兄貴の背中を見てきたからよ。兄貴が言うなら間違ぇねぇ、一丁、錺師で身を立ててみるかと俺もその気になったもんだ。――でもそんな兄貴だからこそ、時には羨(うらや)むこともあった。親父は兄貴を大事にしてたし、町のもんも俺より兄貴を頼りにしてた。だから……俺にはよく判らなかった」

　篠への想いが本物なのか、はたまた兄への憧憬(しょうけい)や嫉妬(しっと)からか。

「だが、お篠さんに手出ししようなんて思っちゃいなかった。あの刀身は兄貴がお篠さんのために打ったもんだ。俺とぎくしゃくし始めてすぐ、兄貴の留守に訪ねて来たならず者にお篠さんが襲われそうになったってんで……」

　出刃を振り回して篠は難を逃れたそうで、話を聞いた徹太郎は篠のために護身刀を打とうと思い立ったという。

「それなら、お兄さんを殺したのはその男かもしれないじゃないか。お篠さんを襲った輩が日をおいてもう一度戻って来て、お篠さんがいないのに逆上してお兄さんを――」

　思いついて咲が言うと、「ああ」と修次は力なく微笑んだ。

「そういうことも、なきにしもあらずだな」

「それでもあんたは、お篠さんを疑ってるんだね？」

　咲が問うと、修次はやはり力なく頷いた。

「お篠さんが襲われた時、兄貴はお篠さんから顔かたちを聞いて村の顔役や宿の番屋に届け出たんだが、それらしき男を見かけた者は出てこなかった。だから兄貴は、ますます俺を疑うようになったみてぇだ」

　宿場には行きずりの男たちが大勢いるが、大崎村までわざわざ出かけて――しかも鍛治屋に女を求めて押し込むとは考えにくい。ゆえに辺りの者は篠の狂言か、はたまた修次の仕業かと疑ったようである。

　常から宿と村を行き来している修次なら人目につくことなく、徹太郎の留守を狙って家に忍び込めたのではないか。篠はもしや、修次を庇って嘘をついたのではないか――

　咲が徹太郎なら、やはりそんな風に疑っただろう。

「けどよ、お咲さん」

躊躇いがちに、やるせない声で修次は続けた。

「兄貴は俺に、目貫(めぬき)を作ってくれって言ったんだ。柄や鞘は他の職人に頼むけど、目貫ならお前に作れるだろう、お前の腕を見込んで、鳳凰(ほうおう)の目貫を彫ってくれって。兄貴が死ぬほんの十日ほど前の話さ」

霊鳥にして瑞鳥(ずいちょう)の鳳凰は、雌雄(しゆう)一対で描かれることが多いから、徹太郎は鳳凰の目貫をもって夫婦の絆(きずな)を記そうとしたのだろう。

「お篠さんは兄貴を忘れて他の男に嫁ぐんだ。餞の簪を打つ気はねぇが、兄貴の望みは叶(かな)えてやりてぇ。兄貴が最後に作ろうとしていた護(まも)り刀を仕上げて、兄貴の供養としてぇのさ。だからお咲さん、どうか、あの刀身を俺に預けてくんな」

深々と頭を下げた修次を断り切れず、咲は迷いながらも頷いた。

◎

刀身の受け渡しに長屋まで揃って戻った咲たちを、しまを始め、路や勘吉、福久までもにこにこと迎えてくれた。だが、修次と一緒になって皆と軽口を叩きながらも、咲は内心穏やかではなかった。

――俺ぁ実はあの頃、ちょいとお篠さんが気になってた。お篠さんもなんだか、俺に気があるようだった――

　そう言った修次の言葉を、咲は疑っていなかった。

　男を買いかぶるなと、先だって修次は言っていた。

　――あんまし男を買いかぶらねぇ方がいいぜ、お咲さん。あんな朴念仁でも、二人きりで顔突き合わせてりゃあ、ふらりその気にならねぇこともねぇ――

　二十歳前後に――否、今でさえ――身近に篠のような愛らしい女がいれば、ふらりと惹かれることもあろう。

　手出しする気はなかったと言われても、朴念仁どころか遊び人として知られている修次なれば、どうしても頭からは信じ切れない。

　篠を下手人と疑うからには、篠にはそれらしき――修次に粉をかけるような――素振りがあったと思われる。不義密通は大罪ゆえに、おいそれとことには及べぬだろうが、互いに惹かれ合う男女であれば、いつ、どこで間違いがあってもおかしくない。

　篠とて想い合って一緒になった夫がいても、十八歳で嫁いだのなら、年が近くて顔立ちのいい、修次のような男に心惑わされることもあろう。

　いや、そうともいえないか……

啓吾と破談になったのが、やはり咲が十八歳の時だった。

二十七歳になった今の己から見れば十八歳などまだ小娘だが、世間的にはとっくに一人前だ。啓吾への一途(いちず)な恋を思い出して、若さゆえに惑いやすいと考えた——そのように篠を軽んじた己を咲は恥じた。

一夜明けてもやまぬ考えを巡らせていると、翌日、昼近くになって能役者の関根泰英(せきねやすひで)が訪ねて来た。

「まあ……」

咲が言葉を失ったのは、関根に会うのはおよそ六年ぶりだったからだ。

関根は京橋よりやや南の弓町(ゆみちょう)に住んでいて、親方の弥四郎や弟子が出向くことはあっても、関根が弥四郎宅を訪れることは滅多になかった。ただ、弥四郎とは互いに先代からの付き合いで、弥四郎はもとより、弟子の咲や啓吾にも親しく接してくれていた。

ぴんと背筋を伸ばして上がりかまちに腰かけると、五十路(いそじ)過ぎの関根は目元に皺(しわ)を寄せて微笑んだ。

「独り立ちしたと弥四郎さんから聞いていて、折々に気にかけてはいたんだが、冷やかしに行くほど暇じゃなくてねぇ」

ということは「冷やかし」ではないのかと、咲の背中も自然と伸びる。

「驚きました。まさかこんなところまでご足労くださるなんて……長屋のことは親方からお聞きになったんですか？」

「いや、幸久の女将さんに教えてもらったんだ」

「幸久の？」

深川の料亭・幸久には、注文で受けた背守りが縁で知り合った藤がいる。藤は店を興した初代の女将で今は寝たきりの老婆だが、昨年、背守りを納めたのちに、現女将にして娘の多美のための帯を一本注文してくれた。

「いやはや、女将さんの帯があんまり見事だったから……砥粉地に藤棚模様、葉っぱと蔓の色合いも申し分なかったが、差し色の曙が利いてたねぇ。ああいう色使いは、啓吾さんも、弥四郎さんもしないから、お咲さんならではだ」

「お褒めにあずかり恐縮でございます」

料亭の女将が身に着ける帯だから、能装束とはまた違う。だが、あれはあれで注文通り「幸久の女将にふさわしい帯」に仕上がったと自負していたから、関根の称賛に咲は素直に礼を言った。

「うんうん。それで物は相談なんだが、腰帯を一本引き受けちゃくれないかね？」

「腰帯ですか？」

「うん、この睡蓮の……」

　言いながら、関根は持参した包みを開いた。

「これと同じのを頼みたいんだ」

　流水文様に睡蓮の縫箔が入った、熨斗目色を基調にした腰帯だった。ただ、折り目や睡蓮の縫箔がところどころ擦り切れていて、経年の傷みが見てとれる。

「虫干しで弟子がうっかり庭に落としてしまってねぇ。慌てて汚れを落とそうとしたもんだから、あっという間に擦り切れて……弟子はもう、腹切りものの大騒ぎさね」

　弟子の慌てぶりを思い出したのか、関根はくすりとした。

「でもまあ、覚書によるとこいつは元禄七年に納められたそうだから、寿命が尽きたといえるだろう」

「元禄七年というと――」

　歴代の年号を思い出そうとした咲へ、関根は茶目っ気たっぷりに応えた。

「九十九年前――ざっと百年も前の物だよ」

「百年前」

　能役者は装束をそれはそれは丁重に扱っているから、百年物の帯や着物があってもおかしくない。咲が驚いたのは、その帯を――これから百年受け継がれるやもしれない物を――己に任せてもらえることだ。

女の方が圧倒的に着物に贅を求めるというのに、御台所のお召し物より贅沢と思しき能装束を女がまとうことはない。

また、能装束を女の職人が手がけることもまずなかった。

吉原の「お針」、武家の「お物師」、町家や寺院の「針妙」は女が多いのにかかわらず、町職人の「仕立て屋」は男ばかりだ。縫箔師も仕立て屋と似たようなもので、咲は己の他に女の縫箔師を知らない。そして武家が男の仕立て屋による「男仕立て」を望むように、能役者の中には一部でも咲が装束を担うのを嫌がる者もいた。

「……私が縫っていいんですか？」

おそるおそる問い返すと、関根は目を細めて頷いた。

「ただし、これとそっくり同じ物を頼むよ。お咲さんには――職人にはつまらない注文だろうがね」

「とんでもない」

子供のように風呂敷ごと腰帯を己の手元に引き寄せて、咲は言った。

「そっくり同じ物を作ってお見せいたします」

「頼んだよ。草花はお咲さんの得意とするところだからねぇ。その……弥四郎さんとことは長い付き合いだから、不義理をするのはどうもなかなか……けれども腰帯くらいは、私の好きにさせてもらおうと思ってね。それに、独り立ちしたとはいえ、お咲さんだって弥四郎さんの弟子には違いないんだから」

「ありがとう存じます」

一礼すると、関根はぐるりと家の中を見回した。

「――お咲さんは独り身を貫いてるんだってね？」

「はあ、その、そうしたご縁はとんとなく……」

「そりゃご謙遜」と、関根は苦笑した。「まったく、お咲さんを手放すなんて、啓吾さんはもったいないことをしたもんだよ。口には出さないが、弥四郎さんも悔やんでいる筈だ。他にこう……やりようがあったんじゃないかとね」

「そうでしょうか？」

「そうだとも。先日、弥四郎さんたちと根津権現で顔を合わせたそうじゃないか。双子の子連れだったとか。すわ隠し子が、しかも二人もいたのかと、年甲斐もなく慌ててしまったと弥四郎さんは言ってたよ。だから帯を頼みに行くついでに、ちょっくら私が確かめてやろうと申し出たんだ」

咲に腰帯を注文する前に、弥四郎宅に一言断りに行ったそうである。

「あの子らは近所の子だって言ったのに……」

「だがほら、もしや独り立ちを申し出てきたのも、身ごもったからではないかと、弥四郎さんは勘繰ったようでねぇ」

「もう、親方ったら」

形ばかりむくれてみせると、関根は相好を崩して言った。

「楽しく暮らしているようで何よりだ。顔を見れば判るよ。啓吾さんとは大違いだ」

啓吾さんはつらいのだろうか……？

根津権現で見た啓吾の、目の下の深い隈が思い出された。

「気になるかね、お咲さん？」

「そりゃ少しは。啓吾さんは親方の跡目ですから、啓吾さんに何かあったら、親方も仕事場のみんなも困るでしょう。けれども――それだけですよ」

率直に応えると、関根はとうとう笑い声を上げた。

「あはは、お咲さんは大分気っ風（きっぷ）がよくなったなぁ。一時は、どこぞへ身投げでもするんじゃないかと、弥四郎さんも私も案じたものだが……」

「まさか、そんな」

苦笑は若き日の己に対してでもある。

破談となったのちしばらくはよく眠れず、食べ物も喉を通らなかったが、死を選ぶほど思い詰めてはいなかった。

だって、男に振られたくらいで身投げなんてとんでもない……

「黄表紙じゃあるまいし、命懸けの恋なんてそうあるものではないでしょう？」

確かめるように問うてみると、再び修次に渡した刀身が思い出された。

自害するほど、徹太郎さんはお篠さんに惚れていたのか。

夫を殺すほど、お篠さんは修次さんに溺(おぼ)れていたのか――

「そうさねぇ。謡本(うたいぼん)にもなくはないがねぇ」

顎に手をやって、関根は面白そうに付け足した。

「恋路なんて人それぞれだ。私なら、惚れた腫(は)れたで切った張ったはごめんだが、女房のためなら命を投げ出す覚悟はあるよ」

「あら、ご馳走(ちそう)さまでございます」

「どうかね？　お咲さんがその気なら、私が一丁、誰(だれ)かいい若いのを探してこよう」

「ご厚意はありがたいのですが、その気はとっくにございません」

「年頃の女子(おなご)がもったいない」

「年頃なんて……世間じゃ立派な中年増(ちゅうどしま)、行き遅れです」

「なんと。もうそんなになるのかね？　ええと、独り立ちしたのが——」

「六年前です」

啓吾さんとのご縁がなくなってからは九年——

ふいに莫迦莫迦しくなって、くすりとした咲に関根が「うん？」と首をかしげた。

「啓吾さんに振られたのは、独り立ちの更に三年も前のことです。ですからもう昔話といっていいでしょう。関根さん、私ももう二十七になったんですよ」

「そりゃ、私が年を取る筈だ。まったく光陰矢の如しさね。ねぇ、お咲さん、それなら尚更……」

「尚更仕事に励みますよ。今はこうしてそこそこ注文をいただいていますけど、いつまで針が持てるか判りませんものね。関根さんが仰る通り、私はなんだかんだ、楽しく暮らしているんです」

心持ち軽くなった胸が心地よく、咲は自然とほころんだ。

「ううむ。しかしまあ……それもまたよしか」

つぶやいてから関根もゆっくり微笑んだ。

「帯は急がずともよいから、しっかり仕上げておくれ」

「はい。お任せくださいませ」

関根を木戸まで見送って戻ると、路と勘吉が興味津々な顔を戸口から覗かせた。

「いい仕事が入ったの？」

「うん。すごい仕事がきたんだよ」

咲が頷くと、勘吉が声を高くした。

「すごいしごと！」

勘吉の声に、しまや福久、由蔵に藤次郎まで顔を覗かせる。

腰帯の注文を我がことのように喜ぶ皆を眺めるうちに、ぼんやりと一つの花が咲の頭に浮かんできた。

◎

――恋路なんて人それぞれ――

針を動かしつつ、咲は啓吾との恋を思い返した。

初めて顔を合わせたのは弥四郎宅で、咲は十歳、啓吾が十二歳の時だった。女中として奉公を始めた咲に遅れること半年、啓吾が弟子入りしてきたのだ。

咲が弥四郎にとって初めての女弟子となったのは、それから三年ののちであり、啓吾は既に立派な「兄弟子」となっていた。

仕立て屋を営む父親に仕込まれた啓吾は三年の間にめきめき腕を上げ、弥四郎も一目置いていた。縫い物は母親仕込み、刺繍は見よう見真似で学んだ咲は、啓吾に憧憬の念を抱かずにいられなかった。

啓吾の仕事に見惚れるうちに、啓吾自身を目で追うようになり、やがてそれが恋だと気付いたのが十四歳の時——弟子になってようやく一年が過ぎた頃だ。風邪をこじらせてのが、浮ついた咲を戒めるように、同年、母親の晴が亡くなった。風邪をこじらせての呆気ない死であった。当時十歳だった弟の太一は奉公に出し、まだ七歳だった妹の雪は弥四郎の厚意で手元に引き取った。

雪がやはり十歳で奉公に出るまでの三年間に、咲は弥四郎も驚くほど腕を上げた。弥四郎は天賦の才だと褒めそやしたが、雪が傍らにいたことで啓吾への想いを押しとどめ、良き「姉」や「弟子」であろうとしたゆえだろうと咲は思っている。

雪と離れてから一年後、十八歳だった咲は兄弟子の一人に言い寄られ、それを見咎めた啓吾と喧嘩になった兄弟子は、のちに弥四郎のもとを去った。

啓吾との縁談が持ち上がったのはそのすぐ後だ。

破談になったのも、弥四郎宅を出たのも同じ十八歳の時だった。啓吾と一つ屋根の下で暮らすのがつらくて、通いの弟子となったのだ。

あの年は、ほんとにいろんなことがあった……

己の恋は実を結ばずに終わってしまったが、咲と同い年の篠は同年、徹太郎と祝言を挙げている。

裏長屋と弥四郎宅しか知らない咲には、一軒家での二人暮らしが想像しにくい。

美弥と志郎も今は二人で暮らしているが、七年という長い年月をかけて結んだ絆はもとより、日本橋と大崎村、小間物屋と鍛冶屋では暮らしのありようが大きく違う。

徹太郎さんはどうして亡くなったのか――

護身刀の袋を仕上げる間、咲は答えの出ぬ推し当てを繰り返した。

――修次が護身刀を届けに来たのは、篠が桝田屋を訪れる前日、卯月は十四日の夕刻になってからだ。

「もう！　遅いじゃないのさ」

「すまねぇ。これでも大分急ぎの手間賃を弾んだんだ」

目貫は二日のうちに作り終え、鍔も己で担ったが、刀にするまでには研師、白銀師、鞘師、柄巻師など、方々の職人に頼まざるを得なかった。

上がりかまちに座り込み、修次は手にしてきた細長い風呂敷包みを開いた。

一尺四寸ほどになった護身刀の鞘は黒一色の塗鞘、柄巻も墨色と重々しい。

「中身もほら、この通り」

柄に手をかけ、修次はゆっくり鞘を払った。

研ぎ澄まされた刃は波打つ刃文が美しく、錆(さ)びついていたことが嘘のようだ。

「……じっくり見てもいいかい？」

「もちろんだ」

刃に手ぬぐいを当てつつ柄を手にすると、咲は柄巻の下の目貫に見入った。

鳳凰の姿については諸説あるが、修次の彫った目貫は頭は鶏のごとく、胴体は鱗(うろこ)に覆われていて、尾羽が長く優雅な姿をしている。

小さめの鍔は一見、海鼠鍔(なまこつば)に見えたものの、よく見ると透かしは鳳凰の尾羽と思しき形をしていた。

柄の裏表で対になっている鳳凰や、鍔の細工は申し分ないが——

「なんだか怖いね」

「そうかい？」

「この……刃がさ」

刀どころか匕首(あいくち)でさえ、咲はこれまで直(じか)に手にしたことがない。同じ刃物でありながら、出刃包丁や小刀とはまったく違う。

刀身に鈍く映った己の影はひんやりしていて、深く暗い——底なしの淵を覗き込んだような恐怖に咲はとらわれた。

魅入られちまう——

思わず目をそらした咲の手から、そっと修次が刀を取った。

「そら、刀ってのはそういうもんだ」

刃を手早く鞘に仕舞いながら修次は言った。

「出刃や鉈、斧とは違わぁ。刀ってのは……人に振るう刃物だからな」

ぴっちりと刃が鞘に収められると、咲は胸を撫で下ろしてつぶやいた。

「……よかったよ」

「何がだい？」

あんたまでこいつに魅入られなくて——

推し当てを繰り返す間に、ちらりと修次を疑ったこともあった。

しかし何故か脳裏に浮かんだのは、刀身で徹太郎を刺し殺す修次ではなく、徹太郎の亡骸のごとく、刀身を胸に死している姿であった。

「徹太郎さんの望みが叶ってさ。これならいい供養になるだろうよ」

「ああ」

　頷いて修次はようやくいつもの——作りものではない微笑をこぼした。

「それはそうと、お咲さんの袋も見してくれよ」


　明くる日、咲は四ツ半には桝田屋の暖簾をくぐったが、九ツ頃訪れると言った篠は既に着いていた。

「お待たせしました」

　美弥が口を開くより先に、咲は篠に頭を下げた。

「いえ。私どもも今しがた着いたばかりです」

　篠の隣りには男が一人、寄り添うように座っている。

　己や修次、篠と変わらぬ年頃で、修次よりはやや小柄だが、顔かたちも含めて風采は悪くない。

　ゆっくりと上がりかまちから立ち上がると、男は如才ない会釈をこぼした。

「敦彦と申します。品川で羽水屋という旅籠を営んでおります」

「お話は伺っております。お篠さんと近々祝言を挙げられるとのこと、おめでとうございます」

「こりゃどうもありがとうございます」

美弥が奥の座敷へ誘うのを、敦彦は微笑と共に断った。

「長居する気はありませんのでね。いやはや、近頃お篠が何やら遠出をしているようだったので、越後屋で着物でも仕立てているのかと思いきや、こちらに巾着の注文をしたそうですね。好みがあるとはいえ、着物でも巾着でも小間物でも、言ってくれればいくらでも用立てしたんですがね……」

旅籠の若旦那に似つかわしいにこやかな物言いであったが、許婚が一人で遠出するのを男が案じぬ筈がない。今日こうして一緒に出て来たのは、篠の心変わりを――修次との浮気を疑ったからではなかろうか。

篠の隣りに腰かけると、咲は抱えて来た風呂敷包みを開いた。

護身刀の入った袋を見て篠が小さく息を呑む。

「これは……爪紅ですか？」と、問うたのは敦彦の方だ。

「ええ、爪紅――鳳仙花です」

花を摘む際に爪が赤く染まるので、世間では「爪紅」と呼ばれることが多い。

細長い袋には、鮮血のごとき猩々緋を基調にした花盛りの鳳仙花を上から下まで縫い取った。合間に覗く葉には苗色と草色を織り交ぜてあり、花の赤が眩しいほどに際立っている。

「妻紅（つまくれない）とも骨抜きとも呼ばれておりますが……」

「骨抜きともいうのですか？」

問い返した敦彦には美弥が応えた。

「魚やなんかの小骨が喉に刺さった時に、この花の種を飲めば骨が柔らかくなって取れるといわれています」

「はあ……しかし、お篠、これがお前が頼んだ物なのかい？　巾着を頼んだんじゃなかったのかい？」

袋を凝視している篠に代わって、今度は咲が口を開いた。

「こちらで間違いありません。お篠さんのご注文はこの――護り刀の袋でございます」

「護り刀？」

やや高くなった敦彦の声に、篠もようやく顔を上げて咲を見つめる。

袋の房紐（ふさひも）を解（ほど）いて、咲は護身刀を取り出した。

黒い護身刀と並ぶと袋の華やかさが一層映える。

錆びついていた刀身が立派な刀となったのだから、驚かぬ筈がない。

が、篠と美弥、他の客の相手をしている志郎は、わずかな戸惑いを見せるだけにとどめ、何も知らぬ敦彦の方が目を丸くしている。

「お預かりしていた護り刀です。どうか、お確かめください」

膝（ひざ）の上で修次がしたようにゆっくりと鞘を払うと、風呂敷の上に刀と鞘を並べて篠の前に置いた。

「お篠、この刀は一体……」

「徹太郎さんの刀です」

小声で、だがはっきりと篠は応えた。

「なんだと？」

「徹太郎さんが残してくれた刀身を……護り刀にしたんです」

「お篠、お前――そんなものを持っていたのか？」

「ええ」

落ち着きを取り戻して篠は頷いた。

「これは、あの人が私のために打ってくれたものですから。――覚えてませんか？　徹太郎さんが亡くなる少し前、うちに忍び込んで来たならず者がいて、私は危うく手込めにされるところだったんです」

「えっ？　あ、ああ、そういや、そんなこともあったな……」

敦彦の狼狽ぶりを見て咲は閃いた。

もしや、ならず者は敦彦さんだったんじゃ——

篠と敦彦は幼馴染みだ。冗談交じりにでも両家は言い交わしていたというから、敦彦はずっと——徹太郎が篠を見初める前から、篠に想いをかけていたのではなかろうか。

となれば、徹太郎の下手人は敦彦ということもありうるが、とうが立ったぼんぼんのような敦彦だ。女は押し倒せても、殺しまでできるかどうかは疑わしい。

「あの日は出刃でうまく追い払いましたけど、あの後、徹太郎さんは私を案じて、護り刀を打ってくれるって言ったんです。ならず者を斬るにせよ、自害するにせよ、出刃では心許なかろうと、私のために打ってくれたんですよ」

「自害……？」

「そりゃあなた、ならず者に身を汚されるようなことがあれば、自害したくなってもおかしくありませんでしょう？」

「う、うむ。しかしなんだな、何やら縁起が悪い——いや、まず物騒じゃないか？　お武家でもないのに刀なんて……」

うろたえる敦彦とは裏腹に、篠は刃文を静かに眺めた。

「ですから、お咲さんに袋を頼んだんです。この刀を振るう日がこないように……あの人への供養を兼ねて、刀を仕舞い込むのにふさわしい袋が欲しかったんです」

「だがなぁ、お篠」

「みんなに――あなたにも――勧められて、私は着物やら道具やら、あの人の物は全て始末いたしました。でもこれだけは手放したくなかったんです。あなたは身一つで嫁いでくればよいと仰いましたが、この護り刀は嫁入り道具として持参しとうございます」

「ううむ。お前がそうまで言うのなら……まあ、好きにするといい」

惚れた弱みか、はたまた人目があるからか、敦彦は鷹揚に言って頷いた。

刀を鞘に納めると、篠は鳳凰の目貫をそっと指でなぞってから、咲が作った袋へ手を伸ばした。

「お気に召していただけましたか？」

「ええ、とても」

護身刀を袋に仕舞って、しっかりと房紐を結ぶと、篠は袋を膝に置いた。

「妻紅なんて思いもよりませんでした」

「目貫の鳳凰にかけてみました」

鳳仙花は、花が鳳凰の羽ばたく様に似ていることからその名がついた。

「それにいくら護り刀でも――いえ、護り刀なればこそ、触れぬに越したことはないでしょう?」

「その通りです……触れぬに越したことはありません」

つぶやくように応えると、篠は袋から顔を上げて咲を見つめた。

「妻紅も……昔は、夏が訪れる度に触れたものです。爪だけにうまく塗ることができなくて、指が真っ赤になると判っていながら——本当に赤く染まる様が見たくて、いくつもの花をこの手で散らしました。実もそうです。何もしなくてもいずれは弾けるものなのに、私はいつも待ちきれなくて、ついつい触れずにいられなかった」

咲にも覚えがなくもない。

後で叱られると知りつつ、誰しも一度や二度は、鳳仙花をむしって己の手を真っ赤に染めたことがあろう。その実を、我先にと弾けさせて遊んだことも。

誰しもまだ——幼き頃には。

膝の鳳仙花に今一度目を落としてから、篠はゆっくり微笑んだ。

「昔のことです。今はもう、そんなことはいたしません」

問いたいことは山ほどあったが、たとえ二人きりだったとしても、篠は答えてくれぬと思われた。

「どうか——お仕合せに」

かろうじてそれだけ告げると、篠は女将の笑顔を作って言った。

「ありがとう存じます。品川へお越しの際は、どうぞうちへ……羽水屋へいらしてくださいまし」

後金を包んだ懐紙を差し出した篠の手は、万屋の娘や鍛冶屋の妻だったとは思えぬほど白く滑らかだ。灰白色の帯を合わせた鳩羽鼠(はとばねずみ)の単衣(ひとえ)がよく似合っていて、優美な立ち居振る舞いも「女将」らしい。

護身刀の袋を更に風呂敷に包んでしまうと、篠は敦彦を促した。

「私の用事はこれだけです。さあ、行きましょう。美味しい物をご馳走してくださるんでしょう?」

「ああ、うん。はは、せっかく日本橋まで出て来たので、番付に出ていた店を訪ねてみようと思いまして……」

敦彦が取り出した番付を、客の見送りから戻って来た志郎が覗き込んで言った。

「こちらのお店なら、ここからほんの一町ほどです。昼時は混みますから、少し並ぶやもしれません」

「まあ。それなら急ぎましょう」と、篠は敦彦へ艶(あで)やかに笑む。

篠と敦彦を見送るべく、咲は美弥と二人して表へ出た。

敦彦の半歩後ろを篠は寄り添うように歩いてゆく。

傍から見れば二人はそこそこ裕福な、仲睦まじい夫婦だろう。

また、道行く者は誰も、篠が胸に抱いた包みが刀だとは思うまい。

真っ青な空から降り注ぐ初夏の陽射しが、ありとあらゆるものの傍に黒々とした影を落としている。

じっとしていると自身の影に足元をすくわれそうな気がして、二人の背中が遠ざかるや否や、咲は急いで踵を返した。

◎

刀身が護身刀に化けたいきさつを美弥は——志郎も——知りたがったが、修次に深くかかわることとなれば、委細を話すのははばかられる。

ちょうど新たな客が来たのをいいことに、咲は何も話さぬうちに暇を告げた。

「もう、ひどいわ、お咲さん」

客に聞こえぬよう小声で拗ねた美弥に曖昧な会釈を返して、咲は桝田屋を後にした。

篠から受け取った後金の包みには一分二朱が入っていた。二分で引き受けた注文で前金の一分は既にもらってあるから、売値の四分の一も心付けを弾んでくれたことになる。

美弥は心付けからは一切店の取り分を引かないから、予期せぬ二朱はそっくり咲のものとなったが、何故か諸手を挙げては喜べなかった。

足早に日本橋を渡り始め——橋の向こうで咲はふと振り返った。

「おっかねぇなぁ」

十間ほど後ろにいた修次がつぶやきながら近付いて来た。

「もしやお咲さんは親にらみ……」

「莫迦」

親にらみというのは十数年前に描かれた「百物語化絵絵巻」の中にも出てくる、後ろ頭に一つ目を持つ妖怪である。

「あんたこそ、後追い小僧じゃあるまいし、こそこそするのはおよしよ」

後追い小僧はその名の通り人の後をついてくる妖怪で、昼から夜にかけて現れ、稀に道案内をすることもあるらしい。

「はは、後追い小僧ってのもあんまりだ」

苦笑した修次をじろりと見やると、修次はすぐに笑いを引っ込めて頬を掻いた。

「その……俺もなんだか気になって、ついさっき桝田屋に行ったのさ。そしたらちょうど表に出て来た志郎さんが、今はよした方がいいってこっそり教えてくれたんだ」

近所の店を覗くふりをしながらしばし桝田屋を窺っていると、やがて咲たちが篠と敦彦を見送りに出て来た。

「まさか敦彦さんまで来ていたとはなぁ。いや、危なかった。あの若旦那は俺のことを毛嫌いしてっからよ。今日のところは志郎さまさま――余計な騒ぎにならずに済んでよかったよ」

再び、今度はゆっくり咲が歩き始めると、修次も並んで歩き出す。

「……敦彦さんは、ずっとお篠さん一筋だったみたいだね」

「まあな」

「敦彦さんだとは思わなかったのかい？」

「そらちっとは……だが、兄貴が死んだのは日中で、あの若旦那はずっと羽水屋にいたみてぇだ。大体、兄貴が兄貴の鍛冶場であんなやつに不覚を取る筈がねぇ」

「そんなら……」

もしも篠が下手人だったとしても、徹太郎は自ら死を選んだといえぬだろうか。

「お篠さん一筋だったのは兄貴も一緒さ。お篠さんに会う前はいざ知らず――お篠さんに惚れてからは、お篠さん一筋だった。お篠さんだってよ……本当におしどりみてぇな夫婦だったんだ」

篠と徹太郎、二人の夫婦の契りに嘘はなかったのだろうと咲は思った。

のちの二人の間に何があったのか、徹太郎がどうして死したかは判らぬままだが、碓井屋で二人は出会い、互いに想いを交わすようになって結ばれた。それだけは真実なのだと信じられた。

「お篠さんはお兄さんを忘れやしないよ。あの護り刀は嫁入り道具にするってさ。お美弥さんたちや敦彦さんの手前、あんたのことは言わなかったけど、お篠さんは一目で事の次第を見抜いたようだった」

目貫をなぞった篠の指を思い出しながら、驚いたのは敦彦のみだったことを教えると、修次は微苦笑を浮かべた。

「だが、お咲さんの妻紅には、お篠さんもびっくりしてたろう？」

「まあね」

「護り刀を入れる袋に妻紅の意匠とは恐れ入った。やっぱりあんたはすごいな、お咲さん。なんだかこう……あの日に戻ったみてぇだった。兄貴が死んだって知らされて、家まで走りに走ってよ。そりゃあもう、暑かったのなんの」

「あんたも、妻紅って言うんだね」

ふと気付いて咲は言った。

「えっ？　ああ、爪紅でも鳳仙花でもいいんだけどよ。兄貴がそう呼んでたから……けど、そういや兄貴が妻紅と言い出したのは、お篠さんと一緒になってからだな。一軒家で辺りにゃ田畑しかねぇ鍛冶屋のおかみがよ、誰が見るでもねぇのに爪を染めてんのがいじらしいって、珍しく兄貴がのろけたことがあったのさ」

――紅を買うには金がかかるが、妻紅ならそこらにいくらでも生えてるからな――

――妻紅？　ああ、爪紅のことか――

「妻紅たぁ言い得て妙だと、兄貴をからかったもんだ。ありゃ確か、祝言を挙げてすぐの夏だったから、もう九年になるんだな。兄貴が死んでからも、もう五年か……」

――昔のことです――

そう言った篠の言葉と共に、いつかの飛燕（ひえん）の簪が思い出された。

品川宿や大崎村が――もしくは篠か、徹太郎と過ごした日々が、修次が「帰りたい」と想い続けている場所なのではなかろうか。

「お篠さんとは四年ぶりだって言ってたけど、宿には帰ってないのかい？」

「ああ。神田に出てきてからはそれきりだ。お篠さんが碓井屋に戻るってんで、大崎村の鍛冶小屋は畳んで人手に渡しちまったから、帰る家ももうねぇからよ」

「そうかい」

「――ってぇのは建前で、宿に居づらくなって逃げ出したんだ。そうおいそれとは戻れねぇし、此度あの刀を作ってさっぱりしたよ。もう……帰りてぇとは思わねぇ」

「ふうん……」

返答に困って相槌を打つだけにとどめると、修次は咲を覗き込むようにして言った。

「だってよ、銹師で身を立てるならやっぱり神田だろう？　だから、今はもう神田が俺の家さ。九尺二間はちと狭いが、賑やかなのは嫌いじゃねぇ。俺ぁなんだかんだ、昔より楽しく暮らしてんのさ」

にっとした修次に、咲もにっと笑みを返した。

「それは重畳」

十軒店が見えてくると、咲は空腹を覚えて茶屋・松葉屋の方をちらりと見やった。

「なぁ、お咲さん」

すかさず弾んだ声で修次が言う。

「なんなら昼餉を一緒にどうだい？　厄介をかけた礼に俺が馳走すっからよ」

「礼なんて……」

咲が言葉を濁したところへ、数間先の、以前と同じ横道から、手をつないだしろとましろが出て来た。

「しろ」

「ましろ」

口々に呼びながら、足を速めて双子に近寄る。

「修次だ」

「咲だ」

手をつないだままぐるりと大きく回って咲たちを見上げた双子へ、修次がにっこりして言った。

「お前がしろで、お前がましろだろう？」

向かって左をしろ、右をましろとすると、双子は小さく目を見張る。

「まぐれ当たり」

「またまぐれ当たり」

「じゃあ、もう一回当ててやらぁ」

修次に倣って咲も一緒に後ろを向くと、二人は手を放して咲たちの周りをぐるぐる回った。

「どっちだ？」

声を合わせて問うた二人を、修次は振り向いてじっくりと見た。

相変わらず咲にはどっちがどっちか判らぬが、顎に手をやって横からも後ろからも見つめる修次に、双子はもじもじと居心地が悪そうだ。

「今度は反対だ。お前がましろ、お前がしろだろう?」

やはり左から右へと声をかけると、ましろとしろが悔しそうに唇を噛む。

「もう一回」

「もう一回」

「おう、受けて立つぜ」

同じようにぐるぐるとした双子に向き直ると、しばし二人を見比べたのち、今度は修次が二人の周りをぐるぐる回り始めた。

「なんだよぅ」

「なんなんだよぅ」

戸惑いの声を上げつつ、しろとましろは修次を目で追う。

修次が右に左に回る間に、二人も知らずに幾度か左右入れ替わる。

やがて足を止めた修次は並んだ双子の左を指した。

「お前がしろだ」

二人の目がまんまるになったところを見ると、三度目も当たったらしい。

「修次さん、一体どんなこつが——」

問いかけて咲は悟った。

稲荷の前に佇む神狐はおそらく、向かって左がしろ、右がましろなのだろう。ゆえに人の姿をしている時も、しろはましろの右側が、ましろはしろの左側が心地よいのだと思われる。

「ふ、二つに一つだもの」

「三回ともまぐれ当たり」

「次は外すよ」

「だっておいらたちそっくりだもの」

自ら名乗ることはあっても、勝手に見分けられては困るのか、何やら青ざめて双子は口々につぶやいた。

「そんなら、もっかい当ててやろうか？」

自信満々に言う修次に、二人は顔を見合わせる。揃って小さく頷くと、しろとましろは少し離れて互いにひそひそと耳打ちを繰り返した。

「あっち向いて」

「咲も」

戻って来た二人に言われて咲たちが後ろを向くと、二人は念入りにぐるぐるしてから声を上げた。

「さあどっちだ？」

「どっちだ？」

双子は此度はしっかり手をつないで、真剣な面持ちで見上げている。

「そうだなぁ……」

つぶやきながら顎に手をやった修次を、双子は眉根を寄せて見守った。

修次がゆっくり頭の天辺から足の爪先まで眺めるうちに、二人はそれぞれ空いている手で拳を作り、またそれとなく互いの手を握り直す。

左がましろで右がしろ——

二人のぎこちない様子から咲はそう踏んだが、修次の答えは逆だった。

「お前がしろで、お前がましろだ」

左から右へと修次が言うと、二人は揃って安堵の溜息を漏らした。

「外れ！」

「大外れ！」

顔をくしゃくしゃにして喜ぶ双子の前で、修次は盆の窪へ手をやった。

「外しちまったか。やっぱり当てずっぽうは続かねぇやな」

「当てずっぽう……？」

咲がつぶやくと、双子はにっこりして互いに顔を見合わせる。

「やっぱりまぐれ当たり」

「ただのまぐれ当たり」

忍び笑いを漏らす二人に判らぬよう、修次はちらりと咲に目配せをした。

どうやらわざと外したようだ。

――そういう男なのだ。

口元をほころばせながら、咲は腰をかがめて双子に訊いた。

「私らはこれから柳川に行くんだけど、あんたたちも一緒にどうだい？」

柳川と聞いて、二人は一斉に咲を見た。

「行く」

「信太食べる」

「でも、おいらたち四文しかないよ」

「合わせて四文しかないよ」

「お金の心配はいらないよ。修次さんが馳走してくれるんだ。ねぇ、修次さん？」

「ん？　ああ、もちろんだ」

　修次が頷くと、しろとましろは一転、揉み手をせんばかりに、にこにこして修次にまとわりついた。

「おいらたち、修次が好き」

「大好き」

「なんでぇ、まったく調子がいいな……」

　わざとらしく口を曲げた修次の左手をしろが、咲の右手をましろが取った。

「さあ、行こう」

「早く、行こう」

　前のめりに急ぐ双子の後ろで、咲は修次と笑みを交わす。

　十軒店から元乗物町へと続く通りはまっすぐ広い。

　眩しさを増した空が向こうに見えて、咲は目を細めつつ足を踏み出した。

ち 2-8

妻紅（つまくれない） 神田職人えにし譚（かんだしょくにんえにしたん）

著者　知野（ちの）みさき

2020年8月18日第一刷発行
2020年10月8日第四刷発行

発行者　角川春樹

発行所　株式会社 角川春樹事務所
〒102-0074 東京都千代田区九段南2-1-30 イタリア文化会館

電話　03(3263)5247［編集］ 03(3263)5881［営業］

印刷・製本　中央精版印刷株式会社

フォーマット・デザイン&シンボルマーク　芦澤泰偉

ISBN978-4-7584-4356-2 C0193

http://www.kadokawaharuki.co.jp/［営業］
fanmail@kadokawaharuki.co.jp［編集］ ご意見・ご感想をお寄せください。

本書は、ハルキ文庫（時代小説文庫）の書き下ろし作品です。